ベリーズ文庫

極秘出産でしたが、宿敵御曹司は愛したがりの溺甘旦那様でした

黒乃 梓

STARTS
スターツ出版株式会社

目次

極秘出産でしたが、宿敵御曹司は愛したがりの溺甘旦那様でした

第一章　涙雨に誘われた再会…… 6

第二章　雨香に包まれたプロポーズ…… 49

第三章　通り雨に交差した過去と今…… 77

第四章　やらずの雨に秘めていた本音…… 91

第五章　雨夜の月に手を伸ばした結果…… 158

第六章　白雨に見つけた真実…… 199

番外編　雨上がりに誓う永遠の愛　衛士Side…… 249

特別書き下ろし番外編

雨に恋してあなただけのものに…… 288

あとがき…… 302

極秘出産でしたが、
宿敵御曹司は愛したがりの溺甘旦那様でした

第一章　涙雨に誘われた再会

『未亜（みあ）』

優しく、たまにからかい交じりに彼に呼ばれる名前が、今は熱をはらんだ真剣な声色でささやかれる。

彼が口にするだけで、聞き慣れた自分の名前はなによりも特別なものに思えた。

外は雨が降っていて静けさに包まれている。

何度か訪れたマンションだが、こうして天井を見るのは初めてかもしれない。

わざと彼越しに見える光景に意識を持っていくのは、この状況に頭がついていかないからだ。私を真っすぐに見下ろしてくる彼と目が合わせられない。

『嫌か？』

不安そうに尋ねられ、頭をなでられる。具体的になにをと言われなくても察せられるくらいの知識はあった。ただ、経験がないだけで。

私は小さく首を横に振る。続けておそるおそる目を合わせ、ぎこちなく彼の頬に手を伸ばした。

『それよりも……体冷えてない？　大丈夫？』

私の問いかけに彼は目を見開き、ややあって噴き出す。

『未亜が気にしているのはそこか』

『だって、私よりも濡れ――』

最後まで言わせてもらえず唇が重ねられる。きつく抱きしめられ、体勢が体勢だからか心臓が早鐘を打つ。

ましてや今は雨でびしょ濡れになったから彼に借りたシャツを一枚着ているだけなので、温もりがいつもより直接的に伝わり、戸惑いが自分の中で広がっていく。嫌な気持ちはまったくないのに、どうしたらいいのかわからない。

甘くて長い口づけが終わり、彼は余裕たっぷりに微笑んだ。

『心配なら未亜が温めてくれないか』

そう言ってあらわになっている首筋にキスを落とされ、声があがる。

『あっ』

初めての感覚に体がこわばる。

すると不意に彼が顔を上げ、額をこつんと重ねてきた。

『愛している。未亜が欲しいんだ』

彼の声に、瞳に、表情にすべてを奪われる。

『うん……私も』

それ以上はキスで唇を塞がれて言えなかった。

彼の手がシャツの間からすべり込み私の肌に直接触れる。指先は想像以上に冷たくて、くぐもった声が漏れた。そんな私を彼は優しく見つめる。この表情に私は弱い。

体温を分けているのか、奪われているのか。唇が離れて、気づくとシャツのボタンをはずされ、彼の前に肌をさらしていた。

恥ずかしさで息が止まりそうだ。でも、やめてほしいわけじゃない。

『大、好き』

切れ切れに想いを口にすると、うれしそうに笑う彼が目に映った。

丁寧に私に触れていく彼に緊張しつつ身を委ねる。

もっと彼に愛されたい、近づきたい。

なにもかもが初めてだった。あんなふうに心の底から誰かを愛したのも。

でも、きっと彼とはもう二度と会うことはない。

最後に見た彼はどんな顔をしていた?

楽しそうな声が耳に届く。誰かが笑っている？　もしかして……。

そこではっきりと意識が覚醒し、まぶたを上げるとすぐ目の前に満面の笑みを浮かべている顔があった。

「きゃはは」と声をあげているのに目は閉じたままだ。どうやらまだ夢の中にいるらしい。

私もつられて微笑む。

「なに？　楽しい夢でも見ているの？」

やわらかいほっぺたをそっとつつくと、さらに彼女の口角が上がる。

本当にかわいい。名前は茉奈。一歳半を迎えた私の娘だ。生まれたときから色素の薄い髪は毛先がくるくると巻いていて、最近くれるようになってきた。

赤ちゃんだと思っていたこの子も自分の足で立って歩き、意思表示もしっかりする。成長がうれしい反面、寂しく感じるのは親のエゴかな。

茉奈を起こさないようそっと布団から抜け出した。できればもう少し寝かせてあげたい。

母親である私は杉井未亜、二十六歳。シングルマザーとして茉奈を育てている。

茉奈と違いストレートの髪を肩下まで伸ばし、身長は百五十五センチで体形は平均的だ。妊娠してから背が縮んだ気がしたのは、高さのあるヒールを履かなくなったからだと気づいた。

母親としても大人の女性としてもしっかりしたいのに、どうも年齢より若く見られがちなのは顔の雰囲気か、忙しくて薄くなりがちなメイクの問題か。奥二重でやや目尻が下がっているのは茉奈と共通していて、私たちの目もとを見た人からそっくりだとよく声をかけられる。父親と並んだらどんな感じなのかな。

不毛な想像を消し去り、朝の用意を始める。朝食の支度をしながら茉奈の保育園の準備もするので、時間との勝負だ。

子どもを生む前には想像もできなかった慌ただしさ。でも茉奈のいない生活は、人生は、私にはもう考えられない。

茉奈を起こし、おむつを替えて着替えさせる。

「かぁーいー」

「うん、かわいいね」

チェック柄のワンピースはお気に召したらしい。自分の服をじっと眺めてこちらにアピールしてくる。

やっぱり女の子なんだなぁ。

やわらかい髪に触れ、頭をなでる。この髪質は、父親譲りかもしれない。

苦笑して茉奈と食卓についた。食パンに野菜ジャムを塗ったものとヨーグルトとバナナ。茉奈の好きなものばかりで彼女はぺろりとたいらげていく。その食べっぷりは見ていて気持ちがいい。

ようやく梅雨が明けて七月に入り、これからはプールの季節だ。先週、茉奈の水着を買いに行き、来年も着られるようにと少し大きめを選んだけれど、どうだろう。一年前を考えると、信じられないほど大きくなった。

軽く週間天気予報を確認すると、どうやら明日から天気は下り坂で七夕は降水確率が高くなっている。それは残念だ。茉奈は大好きなプールができず、織姫と彦星は会えないのだから。

七夕の日に限って雨が降ることが多いのはどうしてだろう。

織姫と彦星が別れを惜しむ際に、もしくは会えずに悲しんで雨になるとも言われている。できれば会えないのではなく、せめて会った後の涙の方がいいな。

雨が降りそうにない空を見上げて思った。

今日はいつもより茉奈を早めに迎えに行かないとならない。その後、父が入院している病院に向かう予定になっているからだ。

父から珍しく話があると、時間まで指定された。おおよそなにを言われるかの見当はついている。楽しい話題でないのは間違いない。

無意識にため息をついて、慌てて気を取り直した。

父は代々続く『杉井電産（すぎいでんさん）株式会社』の代表取締役をしている。もともとは精密小型モータを作る小さな会社だったけれど、その技術の高さが評価を受け、今は国産家電メーカーとしてその名を馳せている。

しかし業績はここ数年、ずっと落ち込み気味だ。

父はかたくなに取引先を国内企業に限定していた。正確に言えば、ずっとそうしてきたのを今さら変えられないのだと思う。

しかし、今は外国からどんどん新しい技術と製品がたやすく入ってくる時代だ。否が応でも世界に目を向けていかないと、杉井電産株式会社が生き残る術はない。

それはきっと……私よりもずっと父が感じているだろう。

たとえばアメリカに拠点を置く電気製品メーカー『ラグエル』は比較的新しい企業にもかかわらず、その怒涛の成長スピードは目を見張るものがあり、世界的にも注目されている。

さらに長年アメリカのラグエルに勤めていた朝霧（あさぎり）社長が、代表取締役となって日本法人『ラグエルジャパン』を立ち上げた。その勢いは日本国内においても言わずもがな。伝統を守ってきた父は一方的にラグエルジャパンを敵対視していた。代表である朝霧社長から何度か業務提携を求められたりしたようだが、かたくなに拒否している。

小学生のときに母を亡くした私は、父に厳しく育てられ、将来は杉井電産の後を継ぐにふさわしい男性と結婚するのだと口を酸っぱくして言われ続けた。つまり父の選んだ相手しか認められないのだ。それを私は見事に裏切った。

茉奈がおなかにいるとわかったとき父は激怒して、生むなど絶対に許さない、ましてや未婚の母などありえないと激高した。

父親は誰なのかと尋ねられたが、私は答えられなかった。絶対に父には言えない相手だったから。

彼とはすでに別れていたし、子どもができたとしてもそれを伝えられる相手でももうなかった。やましい付き合いをした覚えはいっさいない。うしろ指をさされるいわれもない。

あんなにも誰かを好きになって、愛し愛されたのは初めてだった。けれど愚かな私は、それが全部本物だと信じて疑わなかった。

茉奈を保育園に送っていき、先生に早めに迎えに来る旨などを伝えて笑顔で別れる。

一歳を過ぎて保育園に預けだした頃は、毎朝別れるたびに泣かれてしまい心苦しかった。でも今は、楽しく保育園生活を送っているようで安心している。お友達も先生も大好きらしく、先生が撮った園生活の写真に写る茉奈はどれも笑っている。

茉奈のためなら、私はなんだってできる。茉奈を生んで初めて知った気持ちがたくさんあった。母親になったんじゃなくて、茉奈が私を母親にしてくれたんだ。たくさん悩んで不安に押しつぶされそうになったけれど、茉奈を授かって私は幸せだ。

余韻に浸る間もなく職場へ急ぐ。心なしか気温もじわじわと上昇してきた。こうなったら早く建物の中に入ってしまいたい。

私は杉井電産の系列会社で営業事務として正社員で働いている。子どもが三歳になるまでは勤務体系を時短にできるので、今はその制度を利用中だ。

もともと父の強い希望で、大学を卒業したのち杉井電産の本社へと入社した。社長の娘だと色眼鏡で見られないよう、周りに認めてもらうため必死で働き、人一倍努力して与えられる以上の仕事をこなしていった。

けれど、どうしたって好き勝手言ってくる人間はいる。私が社長の娘だからわざわざ声をかけてくる男性もいた。

言い知れぬプレッシャーを隠して仕事に邁進する日々。結局、茉奈の妊娠発覚と父からの勘当騒ぎで私は本社を去ることになり、そのとき私を支えてくれたのが叔父夫婦だった。

叔父は父の弟で杉井電産では専務を務めている。仲がいい叔父夫妻には子どもがおらず、姪である私を昔から娘同然にかわいがってくれていた。

厳しい父とは真逆で、優しく気さくな叔父夫婦には、茉奈を妊娠したときもお世話になった。迷惑をかけたくないと思いつつ、あの頃の私は精神的にも体力的にもひとりで抱え込むのは限界だった。

叔父夫婦は茉奈の父親について深く追及はせず、私を全力で支えてくれた。産前産後はもちろん今もなにかと茉奈と私を気にかけ、サポートしてくれている。現在の職場も叔父の計らいだ。叔父夫婦には足を向けて寝られない。

ずっと連絡を断っていた父と和解したのは茉奈が生まれてからで、もちろん叔父が間に入ってくれたからだ。

ぎこちなさがまったく消えたわけじゃない。わだかまりも多少はある。けれど私にとってはたったひとりの父だ。なにより茉奈が生まれて、ひとりでも多くの人にこの子を愛してほしいと思った。

それにしても孫の力は偉大だ。常に眉間にしわを寄せているイメージの父は、茉奈を前にするとすっかりおじいちゃんの顔になる。驚きを隠せずにいる私に、叔父は『未亜が生まれたときもあんなふうにかわいがって溺愛していた』と教えてくれた。

そんな父が突然倒れたのが二週間前。会社で心臓発作を起こしそのまま救急車で緊急搬送され、私も茉奈を連れて病院に駆けつけた。

幸い命は助かったものの今までのような無理は禁物だと医師から告げられ、父は秘書に命じて叔父や役員、顧問弁護士などと連絡を取り合い、会社の今後についてベッドの上であれこれ指示を出していた。

思えば、母が亡くなってから父はずいぶんと無理な働き方をしていたと思う。当時は忙しい父に腹が立ち、寂しさが勝っていたが、父は父なりに会社の全責任を担う社長の立場でありながら私を育てていかなければならないプレッシャーもあって、必死だったのだろう。

それこそ叔父の奥さんである陽子(ようこ)さんが母親代わりとまではいかなくても、なにかと世話を焼いてくれた。

父は父で付き合いのある人たちから幾度となく再婚を勧められていたが、かたくなに受けなかった。仕事で手いっぱいだったからかもしれない。でも、本当のところは母を想い続けていたからだと思う。子どもながらにそう理解していたから、反発しつつも父には逆らえないでいた。

私は改めて深くため息をついた。今日わざわざ呼び出されたのは退院に関する説明だろうか。それなら医師から指示があるはずだ。

なんとなく……私の結婚に関する話だろうと予想する。和解した後、父は『本当にひとりで茉奈を育てていくつもりなのか？』『茉奈のために両親揃っていた方がいいんじゃないのか？』と何度も言ってきた。

結婚なんて考えられない。恋愛する暇などまったくないし、茉奈が一番大切だ。けれど茉奈が父親というものを、父親の存在を知らないままでいいのだろうかと不安にもなる。父に感謝もしているし自分を不幸だと感じたことはないが、母がいなくて寂しかったのは事実だ。茉奈に同じ思いはさせたくない。

もともと、会社を存続させるため父が決めた相手と結婚するはずだった。皮肉にも恋愛で失敗しているぶん、割りきる覚悟はできている。

会社と茉奈を大事にしてくれる人なら、ゆくゆくは父の決めた相手と結婚を考えてもいいのかもしれない。

早めに仕事を切り上げ、保育園に茉奈を迎えに行ってから叔父夫婦の家に向かう。

インターホンを押すと、中からとびきりの笑顔で女性が出てきた。

「はーい、未亜ちゃん、茉奈ちゃん。待ってたわよ」

陽子さんだ。私はバトンを渡すように茉奈を彼女に預ける。茉奈も慣れているので嫌な顔ひとつせず陽子さんに抱っこされた。

「陽子さん、いつもごめんなさい」

「謝らないで。私も敦さんも未亜ちゃんや茉奈ちゃんが本当にかわいいの。もう実の娘と孫くらいに思っているんだから。お父さんとゆっくり話してきてね」

陽子さんの明るさに私は何度も助けられてきた。仕事で保育園のお迎えが遅くなりそうなときには代わりに行ってくれたり、こうして茉奈を預かってくれたりと、いつも支えられている。

すぐそばに私たちの住むアパートがあるけれど、疲れが抜けないときはここで茉奈とご飯を食べさせてもらって泊まることもあった。

お母さんが生きていたら、こんな感じで甘えられたのかな。血のつながりのない私たちにここまでしてくれる陽子さんには、本当に感謝してもしきれない。

今日も病院に行っている間、茉奈を見てもらう段取りになっていた。

いつもなら顔を見せがてら茉奈も父のもとへ連れていくのだが、今日はなにか特別な話があるようだし、動き回る茉奈を連れていくとどうしても落ち着かない。

茉奈と陽子さんに別れの挨拶をして、私は病院へ急ぐ。

結婚について急かされるのかな？　それともやっぱり本社に戻れとかそういう話？

午後五時前、約束の時間に病院の駐車場に車を止め、行き慣れた足取りで病室を目指す。

三回ノックして中からの返事を待たずにドアを開けた。父はいつも通り、ベッドで上半身起こした体勢で不機嫌な顔をしているのだろう。その傍らに秘書の正田さんがいるのが定番だが、今日はいないかもしれない。

「お父さん、調子はどう？」

定番のセリフを口にしながら自分の予想は半分あたっていたと確認する。父の体勢も表情も相変わらずで、娘の私を見ても笑顔ひとつない。ここで茉奈が一緒だと幾分か和らぐのだけれど。そして正田さんは父のそばにいなかった。

ところが大きくはずれたのは、父はひとりではなくそばに誰かがいるということだ。

背が高く、すらりとした体形のスーツを着た男性がひとり。おそらく外国製の高級スーツだがまったく嫌みになっておらず、隙なく着こなしている。

父につられ、ゆっくりと彼がこちらを向いた瞬間、目が合った私は息をのんだ。呼吸や瞬きさえも忘れてその場で硬直する。

「……なん、で」

乾いた声で小さく漏らす。

忘れもしない。最後に会ったのは二年以上前だが、彼を思い出さない日は一度もなかった。彼は高野……正確には朝霧衛士。

父が敵対視している電気製品メーカー、ラグエルジャパンの社長令息、いわば次期社長だ。

印象的な切れ長の目は涼しげで目力があり、端整な顔立ちと相まって一度見たら忘れられない。

軽くワックスで整えている黒髪は艶があって、年齢は今年三十二歳だがそれ以上の貫禄を感じるのは、彼の立場か経歴がそうさせているのか。

ライバル関係にある会社の人間がどうしてここにいるの？

「未亜」

父に名前を呼ばれ我に返る。

いつまでもドア付近に突っ立っているわけにはいかない。

そろりと中に入り、父と彼から少し離れたところで私は立ち止まった。

「娘の未亜だ。未亜、彼はラグエルジャパンの社長令息、朝霧衛士くん」

　私は父とも彼とも目を合わさず小さく会釈した。失礼な態度だという自覚はある。

けれどここで白々しく『はじめまして』と言うほど冷静ではいられない。

　居心地の悪さが拭えない。彼はどう思っているのだろう。

「お父さん、話ってなに？」

　抑揚なく父に尋ねる。早くこの場を去りたい一心だった。

「ゆくゆくは杉井電産を彼に、ラグエルジャパンに託すつもりだ」

　衝撃的な言葉が飛び出し、私は目を見開いた。

「しばらくはラグエルジャパンから資本提携を受ける予定だが、結局は後継者問題が出てくる。私には娘のお前だけで、敦のところは子どもがいない」

　父は淡々と説明した。後継者の件は何年も前からわかっていたことだ。なまじ家業として代々受け継いできたため、血のつながりを父は大事にしていた。だから幼い頃から私に、それなりの相手と結婚して子どもを生むのだと言い聞かせていたのに。

「……杉井電産はなくなるの？」

　ようやく顔を上げて父を視界に捉える。

「私もそうはしたくないが、今のままでは厳しい。大勢の社員を守らないとならないんだ」

ベッドの上で上半身を起こして話す父の姿は、確実に老いを感じさせる。ついこの間まで、しわひとつないワイシャツとオーダーメイドのスーツを着て杉井電産の代表取締役として立っていた父も、今回倒れたことでいろいろと思うところがあったのかもしれない。ここ数年の経営状況や後継者について解決策を考えていたんだ。

杉井電産自体にそこまで思い入れがないにしても、曾祖父や祖父、そして父が代々守ってきた会社がなくなるのはやはり複雑だ。

「杉井電産を残す方法はひとつだけある」

私の思考を読んだタイミングで父が言い放つ。

「未亜が彼、朝霧衛士くんと結婚するんだ」

到底信じられない提案に、私の思考が止まりそうになる。

「……なに言ってるの?」

「お前たちが結婚すれば、買収ではなく業務提携の形で、社長である私の娘の伴侶として彼がラグエルジャパンとともに杉井電産を仕切ってもなんら問題ない」

「無理よ。結婚なんてできない」

私は即答した。ここにきてようやく、父が彼を同席させて私を呼び出した理由が判明する。血筋を重んじる父らしいが、無茶苦茶だ。

　そこでふと彼と目が合い、私は反射的に視線を逸らす。あからさまなほどに。

　そもそも彼の意思はどうなっているのか。彼にはこの結婚のメリットはなにもない。

「茉奈のことか？」

　不意に父に尋ねられ、心臓が跳ね上がる。父は茉奈の存在を彼に話したんだろうか。

「茉奈？」

　不思議そうに彼がおうむ返しをしたので、初耳なのだと安堵したのもつかの間。

「娘は、未婚で子どもがいるんだ。一歳半で」

「お父さん！」

　父の説明を、声を張り上げて中断させた。

　妙な沈黙が走り、私はうつむいたままましくし立てる。

「杉井電産をどうするのかはお父さんの判断に任せます。でも、ごめんなさい。私は期待に応えられません」

　言い終えて病室を飛び出した。

　父は知らない。それどころか彼本人さえ知らない。

　茉奈の父親は、ずっとライバル視していたラグエルジャパンの後継者、朝霧衛士だという事実を。

大学を卒業して杉井電産に入社した私は、忙殺される日々を送っていた。この頃の私は呼吸の仕方さえ忘れていたと思う。

父からは顔を合わせると結婚話を持ちかけられ、自分の人生が自分のものではないような気さえしていた。けれど、これも杉井電産の社長のひとり娘として生まれた私の運命だ。

そう言い聞かせていたある日、仕事が少し落ち着いた九月の土日を利用して私は少し遠出して美術館へ向かった。

モネやルノワールといった印象派を代表する作家の企画展目あてだ。

館内はゆったりとスペースをとって作品を楽しめる造りになっていて、私は一つひとつを丁寧に見て回った。

ここに来るまでに時間を取られ、閉館時間が迫っているのもあるからか人も疎らで、自分のペースで鑑賞する。

そしてある絵画の前で足を止め、しばらく眺めていたときだった。

『その絵が好き？』

完全に絵の世界に集中していた私は、驚きで心臓が口から飛び出しそうになる。振り向くと、落ち着いた雰囲気の美青年と目が合う。年齢はおそらく私より年上だ。

硬直している私に彼はおかしそうに笑った。

『あまりにも長い間、釘付けになっているから、つい』

『ご、ごめんなさい。ご覧になりますか？』

彼の発言に慌てて一歩下がろうとしたら、勢いあまってバランスを崩しそうになる。

視界が揺れた瞬間、体に回された力強い腕に受け止められ、転倒は免れた。

彼に支えられたと気づいたとき、私は恥ずかしさで顔が熱くなる。

『す、すみません』

『いや、こちらこそ熱心に観ているのを邪魔したな』

彼の腕が離れ、無意識に触れていた箇所をさすった。

『いいえ。母が好きだった絵を前にしていろいろ思い出していて……』

『〝だった〟？』

たどたどしく言い訳する私に彼は不思議そうに返してくる。しまったと思ったが、もう遅い。

『母は私が小学生の頃に亡くなったんです』

初対面の人になにをここまで話しているんだろう。あまり男性と話すのは得意ではないのに。さっさとその場を去ろうとしたら、どういうわけかすばやく腕を取られた。

『なら、じっくり観ていたらいい。俺はもう行くから』

『あ、あの。あなたもこの絵を観たかったんじゃないですか？』

手を離し、歩き出そうとする彼に、私は早口で尋ねる。すると彼は口角をにやりと上げた。

『そのつもりだったけれど、絵よりもそれを真剣に観ている君の方が気になったんだ。もう十分観させてもらったよ』

一瞬で体温が上昇したのを感じた。ストレートな物言いは嫌みがなく、余裕たっぷりの言い方は私の胸をざわつかせる。いつもなら男性に声をかけられてもまったく相手にしないのに、なぜだか彼は特別だった。この場で別れてしまうのが名残惜しいと思うほどに。

けれど口には出せない。そもそもなんて言えばいいのか。微妙な沈黙が走った後、口火を切ったのは彼の方だった。

『先に閉まった隣のギャラリーはもう観た？』

『あ、いいえ』

　唐突に振られた話題に私は素直に返す。

『この作家のほかの作品が飾ってあるんだ』

『え、それは観たかったです』

　お目あての絵ばかりに気を取られていたが、せっかくならほかの絵もゆっくり観たかった。やはりもっと時間に余裕を持たないといけない。

『きっと気に入ると思うよ』

　彼の笑顔に胸が高鳴る。私は目線を逸らし、うつむき気味に続けた。

『教えてくださってありがとうございます。また来週にでも改めて観に来ようと思います』

『なら来週、またここで会えるかな？』

　まさかの彼からの提案に私は勢いよく顔を上げた。それは運がよければ、という話なのか、それとも……。

『名前は？』

『……杉井未亜です』

　妙に緊張して答える。彼の意図がまだはっきりとわからないからだ。

『俺は……高野、衛士。君さえよかったら来週、午後二時にこの場所で』

私の返事を待たず『それじゃ』と今度こそ彼は去っていく。背筋がピンと伸びて、颯爽と歩く彼のうしろ姿はここにある絵のモデルのどれにも引けを取らない。

ひとり取り残された私は、しばらく夢見心地で自分に起きた出来事が信じられなかった。連絡先を聞かれたわけでも、はっきりと約束したわけでもない。けれどまた来週、ここに来たら彼に会える。絵を観るのが一番の目的だけれど、それ以上の楽しみができて自然と笑顔になった。

それが私と衛士との出会いだった。


「未亜」

名前を呼ばれ、過去の記憶なのか現実なのか区別がつかなかった。続けて肩に手を置かれ、我に返った私は慌てて振り向く。

そこには先ほど病室で数年ぶりに顔を合わせた衛士がいた。かつても見たことがないほどに息せき切って、切羽詰まった表情だ。

懐かしさとさらに精悍になった顔立ちに目を奪われたのは一瞬で、私はすぐさま視線を逸らす。

「ひ、久しぶり。父の言っていたことは気にしないで。杉井電産に関してはそちらに」

「子どもってどういうことなんだ？」

　表面的な会話をしようと試みるも彼はいきなり核心に触れてきた。

「一歳半ってもしかして」

「違う」

　硬い声で尋ねてくる彼に、私は反射的に否定する。

「違うから余計な心配しないで。あなたには関係ない」

「関係ないわけないだろ」

　感情的なやり取りを交わし、不意にお互い冷静になる。ここは総合病院だ。しかも院内から専用の立体駐車場へ続く通路はそれなりに人通りがあり、現にちらほら私たちに興味深そうな視線を送っている人たちが何人かいる。

「場所を変えて話そう」

　前髪をかき上げ、ため息交じりに提案される。迷った末に小さくうなずき、彼に従うことにした。少なくともここでする話ではない。

　これは夢かなにかなの？　まさか彼とこんな形で再会して、再び向き合う日がくるなんて。

　そのまま衛士についていく形で立体駐車場に歩を進め、促されるまま彼の車の助手席に乗り込む。付き合っていたときと違う車だということに、わずかにショックを受けた。

あたり前だ。別れてからもう二年以上経っている。むしろ私と彼の人生が再び交錯している今の状況の方が妙なんだ。

屋根のある駐車場とはいえ、さすがにエアコンなしの車内は蒸し暑い。衛士がエンジンをかけたタイミングで私から切り出す。

「父とどういう取引をしたのかは知らないけれど、私はあなたと結婚しない。父が納得してるなら杉井電産もラグエルジャパンの好きにしたらいいと思う」

「取引なんてしていない。杉井電産の技術は魅力的だし、うちも昔から高く買っていた。その信頼はもはや一種のブランドだよ。逆に極力、杉井電産の名前を残したいと思っている。ただ、それを杉井社長が認めないんだ」

普通は逆だと思うのだが、おそらく父のプライドが許さないのだろう。自分が代表取締役という第一線を退き、身内が後を継がず経営に携わらないのに、杉井電産の名を残し続けるのは耐えられないのかもしれない。

「私には……関係ない」

ぎゅっと膝の上で握りこぶしを作ってつぶやく。脳裏によぎるのは、スーツを身にまとい、仕事に向かう父の背中だ。

「子どもの件は？」

そちらの話題を切り出され、弾かれたように衛士の顔を見て否定する。

「本当に違うの！　あなたと別れた後に付き合った人で、その……」

語尾が弱々しくなり目線を落とす。

「それで、相手とは？」

「……現状を聞いたでしょ？　うまくいかなかったの」

冷たく言いきったが、内心では冷や汗をかいていた。嘘をつく罪悪感か、節操がないと思われるのが怖いのか。

しっかりしろ。今さら彼にどう思われてもかまわない。むしろあきれられて軽蔑されるくらいがいいんだ。私と結婚なんてばかな考えを打ち消すくらいに。

「未亜にしては、ずいぶん衝動的な行動に出たんだな」

案の定、降ってきた声はどこか冷ややかだった。唇を噛みしめ彼の言葉を受け止めたが、思わず言い返してしまう。

「あんな別れ方をしたらヤケくらい起こすよ」

すぐに失言だと気づく。衛士との別れについては、とっくに自分の中で折り合いをつけたつもりだった。どんな感情でも本人にぶつけることはしないと決めていたのに。

車内が沈黙に包まれ、息さえ止まりそうになる。次の瞬間、顎に指をかけられ、強引に彼の方に向かされた。射貫くような眼差しにつかまり動けなくなる。

「なら、俺が責任を取らないと」

なにを言っているの？　その必要はないと返す前に強引に口づけられ声にならない。すぐに顔を背けようとしたが添えられた手の力は強く、叶わなかった。心臓が早鐘を打ちだし、胸が締めつけられる。

甘くて苦い。懐かしい彼との口づけに、きつく蓋をしていた想いがあふれそうになる。ややあって、わずかに唇を離した衛士が吐息交じりに訴えかけてきた。

「未亜、嘘をつくな」

確信めいた揺るぎない言い方に心が乱れる。距離は取れないものの私は精いっぱい彼から視線を逸らした。

「嘘、なんて……」

「ついてる。俺の子なんだろ？」

はっきりと言いきる衛士に言葉が出てこない。否定したいのに、茉奈の顔が何度も浮かんで胸が締めつけられる。久しぶりに再会して、茉奈の父親が誰なのかと嫌でも思い知らされた。やっぱり茉奈は衛士の子なんだ。

それに、昔から彼に隠し事ができたためしはない。

「未亜」

懇願するように甘く名前を呼ばれ、しっかりと目を合わせられる。そっと頬に触れられ、自分の中で耐えていたなにかが切れた。

「……そうよ」

たった三文字を口にしただけで、抑え込んでいた感情とともに涙までこぼれそうになる。それを必死でこらえた。茉奈の父親について私はずっと沈黙を守ってきた。父にさえ言えていない。でも――。

「衛士との子どもなの。別れた後に妊娠に気づいて、もう一歳七カ月に……」

まさか本人に向かって真実を告げる日がくるとは思わなかった。皮肉にも、やっぱり衛士には嘘をつけない。

伝えてしまった後悔と、抱えていたものを下ろした安堵感が複雑に渦巻く。

すると彼にさらに体を抱き寄せられ、力強く抱きしめられた。

「未亜、悪かった。たくさん傷つけて、あんな別れ方になったこと。でも俺は」

「やめて！」

衛士の言葉を遮るように叫ぶ。驚いた彼が腕の力を緩めた刹那、私はすばやく離れ助手席のドアを開けた。

「こ、子どもに会いたいなら、ちゃんと機会を設ける。でも、あなたと関わるのはそれだけだから」

「未亜」

一方的にまくし立てた後、なにか続けようとする衛士を無視して私は車外に出る。ドアを閉め、さっさと背を向けて自分の車に足早に向かった。

心臓がうるさくて、無意識に口もとを押さえる。いろいろなことがありすぎて頭がついていかない。もう二度と会わないと決めていた茉奈の父親である衛士と、父の病室で再会するなんて。さらに父からは彼と結婚しろとまで言われるとは。

『未亜』

久しぶりに呼ばれた名前が耳に残っている。付き合っていたときに比べ、彼はよりいっそう素敵になっていた。風格があるとでもいうのか。

仕立てのいいスリーピーススーツをきっちり着こなして、次期社長の顔をしている彼は初めて見たかもしれない。

違う。あれが本来の彼の姿なんだ。私が知らなかっただけ。見せてもらえていなかっただけだ。

痛む胸を押さえ、私は茉奈を迎えに行くため車に乗り込み、叔父夫婦の家へ急いだ。

「おかえりなさい、未亜ちゃん。茉奈ちゃんお利口にしてたわよ」

「ま、まー」

陽子さんと一緒に出迎えてくれた茉奈を抱きしめる。

「ただいま、茉奈。いい子にしてた？」

「たー」

最近、よく口真似をして言葉をどんどん覚えていっている。日々成長する茉奈をそばで見られるのは幸せだ。

衛士はどう思っただろうか？　突然一歳の娘がいると告げられて。

「陽子さん、ありがとうございました」

「いいのよ。お父さんからは、なんて？」

なにげない陽子さんの質問に私は固まった。とっさに上手な切り返しができない。

「あの……」

「未亜ちゃん、今日はもううちで夕飯食べていったら？　敦さんは遅いから気にしないで」

さらりと提案されしばし逡巡した後、小さくうなずく。陽子さんはきっといろいろとお見通しなんだ。私は彼女の家でくつろぎながら、ぽつぽつと今日の病院での出来事や衛士との過去を語りだした。

約束通り、私と衛士は美術館で二回目の再会を果たした。一緒に作品を見て回り、衛士は絵についての逸話や解説をしてくれ、私は彼の話に夢中になった。

その後にやっと連絡先を交換して、定期的にふたりで会うようになる。男性にはどこか苦手意識があったけれど、衛士の紳士的な態度や品のよさからなのか、彼と過ごす時間はとても心地よかった。

なにより彼は私が杉井電産の社長の娘だと知らない。父の紹介、会社関係で声をかけてくる異性は皆、私が社長令嬢だと知っているのが前提で、それなりに色眼鏡で見られてきた。私自身ではなく肩書きに重きを置く人がいるのもよくわかっている。

でも衛士は違う。なにより、それを差し引いても他人には身構えて自分をつくってしまうタイプの私が、彼との会話は無理せず自然体で話せた。

次に会える日が待ち遠しくて、楽しみで、それが衛士に恋をしているからなのだと気づくのは、少し後の話だった。

彼と何度か会ってふたりでお茶をしているときに、気になる本の話題になる。

『うちのマンションにあるよ。見に来る？』

『いいんですか？』

私は目を輝かせた。外国で出版された西洋美術史の本で、日本ではもう手に入らないものだった。図書館でも置いてあるところは少なく、持ち出し禁止に指定されているので貸し借りもできない。

そこで私はある疑問が浮かんだ。それは今さらすぎる内容だった。

『その、高野さんは恋人とかいないんですか？』

おずおずと切り出すと、衛士はカップを持ったまま目を丸くした。

『ちょっと待って。今、その質問？』

珍しく焦った様子の口調に、私は後悔する。やはりプライベートなことを聞きすぎただろうか。

『あ、あの。質問に答えなくてもいいです。本をお貸りできるならマンションの近くまで取りに行きますから』

私は慌てて付け足す。今まで頭が回らなかったが、もしも彼女がいるのなら本を見せてもらうためとはいえ、家に行くのは遠慮すべきだ。

『そうじゃなくて』

しかし私の心の内を読んだかのようなタイミングで彼が否定する。

『恋人がいたら、こんなふうに誘って、ふたりで会ったりしてないよ』

真面目なトーンで返され、なんだか私は恥ずかしくなった。それもそうだ。

でも私たちの関係にはっきりした名前はないし、友人といってもおかしくない付き合いと言えばそれまでで……。

どうして私はこういう男女間の機微に疎いんだろう。

うつむき気味にたどたどしく言い訳する。

『そ、そうですね。でも高野さん、素敵な方なので……』

優しくて博識で、会話も楽しく見た目も文句なし。年上の余裕がある一方で偉ぶるわけでもなく、身につけているものや雰囲気からそれなりの家柄なのもうかがえて、女性の扱いも慣れている。恋人がいない方が信じられない。

『恋人はいないけれど好きな相手はいるんだ』

唐突な彼の回答に、私は目を白黒させる。衛士はわざとらしくため息をついた。

『話も合うしかわいらしくて、デートに誘って、何度かふたりで会っているにもかかわらず、どうやらまったく異性として意識されていないらしい』

『えっと……』

彼の言いたいことをなんとなく汲んでみるが、確信が持てない。なにより私にとって都合がよすぎる考えだ。

すると衛士は真剣な面持ちで私を見すえてきた。

『俺は気軽に女性を家に誘ったりしない。未亜が好きなんだ。俺と付き合ってほしい』

正直、告白された経験は何度かある。けれど、ここまで心が揺さぶられたことはなかった。うれしくて信じられないのも。

『……はい』

初めての気持ちに戸惑って、そう答えるのが精いっぱいだった。

衛士の優しい笑顔にますますなにも言えなくなる。うれしくて幸せなのに、なんて伝えたらいいのかわからない。

これからは名前で呼んでほしいと言われ、私は年上の彼を衛士と呼ぶようになった。

付き合いだしたのだと実感してうれしい反面、うまくいきすぎている気がして怖かった。

彼が私に合わせる形で付き合いは進み、今まで男女交際をしたことがない私にとって衛士は、なにもかも初めての相手だった。キスもそれ以上の経験も。おかげで彼にとって物足りないのでは?と何度か不安になる。

でも惹かれていく気持ちが止められず、私は会うたびに衛士を好きになっていった。

付き合って半年になる頃、衛士は思いつめた顔をよくするようになっていた。話しかけても上の空なことが多々あり、心配になる。

年度末で仕事が忙しいのか、どこか体調が悪いのかと尋ねても彼は曖昧に笑って否定する。不安になる一方で、私も彼との交際に複雑な思いを抱いていた。

父は相変わらず私の結婚を急かし、さまざまな相手を考えていた。実家暮らしの私は、衛士のマンションによく泊まりに行ったりしていたが、忙しい父は私が誰かと付き合っているとは思っていなかっただろう。

父からお見合いの話を聞くのが憂鬱だった。私が想うのは衛士だけだったから。

とはいえ彼との交際を父に打ち明けるか悩む。反対されるのは目に見えていた。

それに私たちは、付き合ってはいても結婚までは考えていない。正確には、私たちの間に結婚に関する話題はほぼなかった。

そもそも結婚の話っていつ出るものなんだろう。衛士はどう考えているのかな。過去に付き合った相手とは?

聞きたいのに、自分から切り出す勇気がない。でも、どうであれ私の気持ちは決まっていた。

三月も半ばに差しかかる頃、衛士と約束をしている時間の前に、久しぶりに父に話があると呼び出され書斎を訪れた。

『未亜、お前に紹介したい男性がいる』

予想通りの内容に、私は決意する。

『お父さん。私、お見合いはしません。できれば結婚は……その、好きな人としたいの』

さすがに衛士との交際までは言えなかったが、自分の思いの丈をぶつける。

彼と付き合っている以上、ほかの男性とお見合いなど不義理な真似はできないし、したくない。

父は眉間のしわを深くしてため息をついた。

『ばかを言うな。お前が杉井電産の社長の娘だと知って近づく邪（よこしま）な男も多い。お前みたいな世間知らずは、簡単に騙（だま）される』

『そんな。お父さんが紹介する人だって私を杉井電産の社長の娘としか見ていないじゃない！』

衛士は違う。衛士だけは、私を……。

父の机に近づきながら私は珍しく父に反論する。

『私は、肩書きとか関係なく私自身を見て好きになってくれる人と』

そこで私は目を見開いた。途中で言葉を失うほどの衝撃を受ける。

父の書斎机の上に、業界の専門雑誌が開かれて置かれていた。そのページではライバル会社であるラグエルジャパンの特集記事が組まれている。父がチェックしていたのだろう。

なん……で？

そこには、ラグエルジャパンの次世代の若き担い手として、社長の息子が写真付きで紹介されていた。

雰囲気は違うが、間違いない。私と付き合っている衛士が、どういうわけかラグエルジャパンの次期社長〝朝霧衛士〟として載っていた。

長年、アメリカに留学をしていて半年前に帰国したこと。再びアメリカに戻って数年は向こうのラグエル本体で勤めることなどが書かれている。

膝から崩れ落ちそうになるのを懸命にこらえる。急に黙りこくった私を不審に思ったのか、視線の先に気づいた父が切り出した。

『ラグエルジャパンの息子は、昔から付き合いのある取引相手の娘と結婚するという話だ。今回の帰国もそのためらしい。お前も少しは見習って……未亜？』

父が訝しげに名前を呼んでくるがなにも反応できない。頭がくらくらして、得たばかりの情報を脳が拒否している。

衛士がラグエルジャパンの次期社長？　結婚？

なにが、どうなっているの？

次々と浮かぶ疑問に心が押しつぶされそうになり、私は弾かれたようにその場を駆け出す。

今にも雨が降りだしそうな暗い空の下、私は衛士のマンションへ向かった。今日、衛士は話があると言っていた。少しだけなにかを期待していたのに、それは呆気なく打ち砕かれる。

心臓が破裂しそうに痛くて、指先が緊張で冷たい。震える指でインターホンを押すが、まだ約束の時間まで数時間あるからか応答はなく彼は留守だった。

他人の空似だったら、実は双子でふざけてみたとかだったら……。

限りなく低い可能性の選択肢をあれこれ思い浮かべる。

でも、きっと現実はそんなにうまくはいかない。

私はドアに力なくもたれかかり、スマートホンをバッグから取り出して、衛士に電話をかけた。

意外にも数コールで相手は出た。

『未亜？　どうし――』

『質問に答えてほしいの』

強く言いきると、電話の向こうで衛士が驚きで息をのんだのが伝わる。

私は極力感情を押し殺して尋ねた。

『衛士は……本当は朝霧衛士っていうの？　ラグエルジャパンの社長令息なの？』

一瞬の沈黙が流れた後、彼が観念したような息を吐いた。

『……そうだよ』

一度唇をきつく噛みしめて、必死に声を振り絞る。

『なら私が……私が杉井電産の社長の娘だって最初から知ってたの？』

今度はさっきよりも長い沈黙が続いた。皮肉にも今、衛士がどんな顔をしているのかわかってしまう。彼の続ける答えも。

『……ああ』

覚悟していた。予想もしてきた。けれど目の前が真っ白になって思考が止まる。

『でも未亜、俺は』

『もう二度と会わない』

頭で考えるよりも先に口をついて出た。相手に対してではなく、自分に言い聞かせるようにはっきりと。

『未亜』

『今までありがとう。元気でね』

一方的に告げて電話を切る。電源も落として、私はその場からさっさと踵を返した。

ここに来ることももうない。

足を一歩踏み出すたびに、大粒の涙があふれだす。

苦しい。胸がちぎれそうに痛い。

次第に嗚咽も止まらなくなり、呼吸ができなくなる。視界まで滲んで、まるで水の中に突き落とされたみたい。

ばかな自分。父の言う通りだ。

『お前が杉井電産の社長の娘だと知って近づく邪な男も多い。お前みたいな世間知らずは、簡単に騙される』

衛士だけは違うと思った。私自身を見て、愛してくれているって。

大好きで、ずっと一緒にいたいと思っていた。でも、それは私だけだった。

衛士の目的はなんだったんだろう。杉井電産の内部情報を探りたいなら、私たちはお互いに仕事の話はまったくしていない。懐柔させてなにか取引に利用しようとした？　それとも、たんに帰国の間の暇つぶし？

彼の言い分を聞くのが怖かった。これ以上余計なことを知って傷つきたくない。なによりどう言い繕われても、衛士が名前を偽って杉井電産の社長の娘である私にわざわざ近づいたのは事実。それがすべてだ。

まるで私が泣くのを隠すように空から雨が降ってくる。アスファルトの色をまだらに変えたかと思ったら、次第に雨脚は強くなり辺りを一色に染め上げる。

傘を持ってきておらず、全身びしょ濡れになる。衣服が肌に張りつき気持ち悪いし、水分を含んで重い。それでも私はひたすら足を動かす。

この雨が全部、流してしまえばいい。衛士への想いも、彼との思い出も。

その後私は風邪をひいて数日間、寝込むはめになった。衛士は幾度となく連絡をしてきたり、私に会うために接触を試みてきたりしたが、私がすべて拒否して彼を避け続けた。

さらにスマートホンを解約して電話番号ごと機種を新しくする。残っている彼のやり取りや写真など全部消したかった。

衛士はアメリカに再び渡ったからなのか、私の前に現れなくなり、一方で私は体調を崩しがちになった。

失恋の痛手なんて言っていられない。恋愛なんてもう二度としない。私も早く父のために、会社のために相手を見つけないと。

ところが体の調子は優れないままで、まさか妊娠しているなんて思いもしなかった。

はっと目が覚め、まだ夜中だと直感で気づく。隣で茉奈が規則正しい寝息を立てていて、うっすらと汗をかいている彼女の前髪をかき上げた。

陽子さんに今までの出来事を語り、昔のことを夢にまで見てしまった。今まで黙っていた私に対し、陽子さんは『よく話してくれたわね。ひとりで抱えてつらかったでしょう』と寄り添ってくれた。

胸のつかえが少しだけ取れて、私の膝の上に座り、お絵描きに夢中になっている茉奈をぎゅっと抱きしめた。改めて見ると茉奈には衛士の面影がきちんとあって、胸が締めつけられる。

『それで……未亜ちゃんはどうしたいの？』

陽子さんの問いかけに私は答えられなかった。

衛士は結婚していないの？　したんじゃなかったの？

てっきり別れた後すぐに、父から聞いた通り結婚してアメリカに戻ったんだと思っていた。だから茉奈と会わせるどころか、彼に娘の存在を伝えるつもりもなかった。

妊娠が判明したとき、不安で押しつぶされそうになって、間違いであることさえ願ってしまった。気をつけていたつもりでも完璧な避妊など存在しない。

でもおなかの中ですくすくと育つ命に愛しさが芽生えて、叔父夫婦に助けられて、今では茉奈のいない人生なんて考えられない。

茉奈の存在を衛士に知られてしまった以上、彼とはなんらかの形で向き合わなければ。私はどうしたいの？

自問自答して、目の前の茉奈をじっと見つめる。

はっきりと言えるのは、茉奈の幸せが私の一番の願いだということ。そのためならなんでもできる。

母親ってすごいな。……お母さんもこんな気持ちでいてくれたのかな？

私は再度眠りにつくためきつく目を閉じ、ざわつく心を無理やり落ち着かせた。

第二章　雨香に包まれたプロポーズ

翌日いつも通り出社したが、就業中にあくびを何度も噛み殺してしまい、今日は極力早く寝ようと心に誓った。

茉奈を迎えに行って、夕飯とお風呂の支度、保育園の洗濯物と合わせて食後に一度洗濯機を回そう。

段取りをシミュレーションして定時で退社する。家から保育園へは近いので、天気が悪かったり仕事が押したりしなければ一度車をアパートに置きに帰ってから徒歩で迎えに行くのが定番だ。

保育園の駐車場の台数は限られているので、お迎えの重なる時間帯は結果的にこっちの方が早い。

アパートに車を止め、降りたその足で保育園を目指す。じめっとした外気に包まれ、不快感についい眉をひそめた。

これからどんどん暑くなるんだろうな。

「未亜」

不意に名前を呼ばれ、辺りをきょろきょろ見渡す。すると来客用の駐車場に、記憶に新しい車が止まっていた。

「衛士」

運転席から顔を覗かせた彼に私は驚きが隠せない。衛士は車から降りると、こちらにゆっくりと近づいてきた。

「え、なに？　どうしてここが」

言いかけてやめる。おそらく父に聞いたのだろう。

まさか茉奈に会いに来たの？

たしかに彼には父親として茉奈に会う権利があるとは言った。でも家にいきなり来るほど強引な行動を取るなんて。

昨日、私が突っぱねたから？

なにを主張されるのかと身を硬くしていたら、彼は胸ポケットからスマートホンを取り出した。

「連絡先を教えてほしいんだ」

「へ？」

ところが、あまりにも予想外の要求に虚をつかれる。

「電話番号も全部変えているだろ」

淡々と付け足す彼を前に、私は驚きが隠せない。なにか裏があるのかと疑いそうになるが、衛士の顔は真剣そのものだ。

まさか本当にそれだけのために私に会いに来たの？

複雑な思いに駆られ、ぶっきらぼうに返す。

「父にでも聞けばよかったじゃない」

住んでいるアパートの場所は聞いておいて、連絡先を本人にわざわざ尋ねに来るなんて、どう考えても非効率だ。彼らしくない。

「未亜の口から直接、教えてもらいたかったんだ」

ところが、さらりと告げられた言葉に目を見張った。

なんて答えたらいいのかわからず、私は衛士から視線を逸らす。

ここで素直に『わかった』と言って教えるにはまだわだかまりが大きすぎる。別れてから衛士と完全に関係を断ちきると決めて、その通りにして今までやってきたから。

葛藤していると、突然衛士に手を取られた。

「もう一度、俺に未亜の連絡先を教えてくれないか？」

真っすぐに見つめられ、しばらく動けなかった。ややあって衛士の手が離れ、私はそろそろとバッグからスマートホンを取り出す。

「なら番号言うからかけてもらってもいい？」

「ああ」

ぎこちないやり取りが、なんだか初めて連絡先を交換したときみたいだ。すぐに着信があり、登録されていない彼の番号が表示される。衛士は連絡先を変えていないのだとすぐにわかるほど、彼の番号は記憶に残っていた。

もしかして別れた後に私が連絡をすべて拒否して、番号まで変えたことを気にしてる？　だから直接来たの？

衛士は涼しげな表情だ。だいたいの帰宅時間は知らされていたのかもしれないが、忙しい彼が私に会うためにここで待っていたんだ。

あのときは傷ついた自分を守るために必死だったけれど、衛士なりに思うところがあったのかもしれない。

そこで現状を思い出す。

「ごめん。あまり時間がないの。茉奈を保育園に迎えに行かないと」

もうちょっとだけ話したい気持ちが湧き上がりそうになったが、それどころではなかった。慌てて足を反対方向に向ける。

「大丈夫。近いし、車は逆に止めるのに時間がかかるから」

彼の申し出に、私は顔だけ向けて答える。

「引き止めて悪かった」

「衛士」

わずかに迷った末、ある程度彼から離れたところで私は改めて声をかけた。

「もし、もう少し時間があるなら……待っててくれる？」

私の質問に彼は目を見張った。

「衛士さえよければ娘に」

「待ってる。未亜がかまわないなら」

即答され、私は目を細めた。

「うん、じゃあ行ってくるね」

さっさと背を向けて遅れを取り戻そうと駆け出す。

どうして自分から茉奈と会うように提案したのか。衛士とは必要以上に関わるつもりはなかったのに。

でも、どこかうれしそうな彼の表情を見て、これでいいんだと思った。

自分の権利をもっと主張してもいいはずの彼がそれをしないのは、私を気遣ってい
るからなのだと気づいたからだ。

茉奈を迎えに行くと、朝の格好とは違い着替えていた。先生によれば茉奈はプール
が好きで、水の冷たさにいつも最初は戸惑うもののすぐに慣れ、あとは水に浸かって
大はしゃぎらしい。全力で楽しんだらしく、保育園でも昼寝をしたが、早めに寝るか
もしれないとの話だった。

「茉奈、プール楽しかった?」

「たぁー」

ご機嫌の茉奈に靴を履かせ、先生から荷物を受け取る。最近は階段も手をつないだ
らしっかり上り下りするようになった。

いつもの帰り道なのに、妙に緊張して手に力が入る。途中で飽きて抱っこをせがむ
茉奈を抱き上げた。そうこうしているうちにアパートが見えてくる。

「あー」

三階の端に位置する私たちの部屋を、茉奈が手を伸ばしてあそこだと伝えてくる。
こうやってたくさんのことを覚えていっているんだな。

「うん。でも今日はこっちね」

苦笑して駐車場の方に足を進める。心臓の音がうるさい。衛士は、茉奈は、お互いにどんな反応をするんだろう。まだ空は明るくて、高いのは気温なのか体温なのか判断がつかない。

衛士の車を視界に捉えるや否や、彼が車の運転席から降りてきた。びくりと肩を震わせ、私の足が止まる。対する衛士は、大股で足早にこちらにやって来た。その顔はなんとなく険しくて、心臓がドクドクと強く打ちだす。

「ん、まー？」

茉奈は向かってくる衛士を不思議そうに指さし、こちらに訴えかけてくる。ほどよい距離離で彼と向き合う形になり、私から口火を切った。

「娘の茉奈よ。草かんむりに〝週末〟の〝末〟に〝奈良〟の〝奈〟で茉奈。一歳七カ月になったの」

たどたどしく説明したら、衛士はなにかに気づいた顔になる。

「茉奈の字はジャスミンから？」

思わぬ指摘に、私はすぐに返せなかった。

衛士の言う通り、茉奈の漢字はジャスミンの一種を表す〝茉莉花(まつりか)〟の漢字からつけた。母が好きで、幼い頃からなじみのある私のお気に入りの花でもある。

「ジャスミンの花も香りも好きだって言ってたよな」

「……よく覚えているね」

なにげなく話題にしたことはあるが、彼がそこまで記憶しているとは思ってもみなかった。

ところが衛士は懐かしそうに語る。

「覚えているよ。とくに白色が好きだって話していたのも、ジャスミンティーをよく飲んでいたのも」

彼の表情は穏やかで、どこか切ない。それは私も同じだ。忘れようとしたのに、忘れたはずなのに、思い出が鮮明によみがえって胸が苦しい。

続けて衛士は、そのまま茉奈の視線に合うよう腰を屈めた。

「……茉奈、はじめまして」

優しく返す衛士の顔を茉奈はじっと見つめる。

「ま？」

ややあって〝誰？〟とでも言いたげに茉奈は首をかしげた。続けてうかがうように私に視線を移してきたが、言葉に詰まる。なんて茉奈に伝えるべきなんだろう。

「ばっ、ばーい」

悩んでいると突然、茉奈が衛士に向き直り手を振り始めた。私以上に驚いている衛士に、笑いながらフォローを入れる。

「最近、こうやって手を振るのが好きなの。振り返してあげて」

けっして別れたいわけでも離れたいわけでもない。言われるがまま衛士は茉奈に見えるよう手を振った。

「バイバイ、茉奈。また会いに来てもかまわないか？」

「たー」

衛士の質問に茉奈は元気よく答えて彼の方に身を乗り出す。バランスを崩しそうになり、思わず茉奈を抱っこする手に力が入った。

「たーち」

次に茉奈が取った行動に目を丸くする。大きな彼の手のひらを茉奈が叩いたのだ。

もちろん親愛の意味で。

茉奈はあまり人見知りはしないタイプだけれど、ここまで早く初対面の大人の男性に打ち解けることはなかなかない。

「いいみたいよ」

思わず笑みがこぼれ、衛士の質問に茉奈の代わりに答えた。すると茉奈が自分で歩きたいのか、下りたそうに足をばたつかせ腕の中で暴れだす。

「あ、茉奈。だめだよ。ここは駐車場で車が来るかもしれないから」

そろそろ茉奈の集中力も限界だ。右肩にかけたままの茉奈の保育園バッグがずり落ちそうになり、再度かけ直そうとすると、肩に食い込んでいた紐がふわりと浮いた。

「部屋まで運ぶ。それから仕事に戻るよ」

とっさに断ろうかと思ったが、腕も痺(しび)れてきているし、どっちみちこの体勢はなんとかしなければならない。

「ありがとう」

小さくお礼を告げ、衛士に支えられているバッグの紐から腕を抜く。

「意外と重いな」

「着替え三着におむつとかの汚れもの、今はプールもあるからね。夏場だから二日に一回布団を持って帰ってくるし」

軽く説明して茉奈を抱っこしたまま歩き出す。駐車場を抜けてからは茉奈を下ろし、手をつないで部屋まで向かった。茉奈に気を取られ、あまり衛士とは会話せずあっという間にドアの前までたどり着く。

妙な緊張感に包まれているのは私だけなんだろうか。べつに衛士に住んでいるところが知られていたからって、なにか問題があるわけではないんだけれど。

鍵を開けると茉奈は上がり框のところにちょこんと座り、さっさと靴を脱ぐと我がもの顔で中へ走っていく。いつものうしろ姿を見送り、私はため息をついた。きっとお気に入りのぬいぐるみを取りに行ったのだろう。

「忙しいのに運んでくれてありがとう」

気を取り直し、衛士から茉奈の荷物を受け取ろうと手を差し出した。

「ん。茉奈は、未亜によく似ているな」

手渡されながらしみじみとつぶやかれ、私は反射的に目線を落とす。

「……衛士にも似てると思う」

発言してからこの切り返しはよかったんだろうかと後悔する。彼にとって先日知った娘の存在はきっと青天の霹靂で、さらには本人と会ったばかりだというのに。まだ自分の子どもだって実感どころか、信じられない気持ちだって……。

「ああ。そうかもしれない」

予想外の反応に顔を上げる。

目を瞬かせる私に衛士は微笑み、そっと私の頭に触れた。

「未亜と俺との子どもなんだな」

噛みしめるような表情に、私はなにも言えなくなった。続けて彼が腕時計を確認したので、思考が切り替わる。

「ごめん。仕事に向かって」

そのときリビングから、予想通りお気に入りのぬいぐるみを抱えた茉奈がやって来た。

「こーれ、いりん！」

まるで見せびらかすように衛士に差し出す。おそらく本人は〝きりん〟と言いたいらしい。叔父からのお土産で、最近は寝るときも一緒だ。

「茉奈の友達を見せてくれてありがとう」

衛士は茉奈の頭をよしよしとなでる。すると茉奈は満足そうにぬいぐるみを持ってまた奥へ走り去っていった。

「また少しでもいいから時間を取ってくれないか？」

茉奈を見送った後、打って変わって神妙な面持ちで衛士が告げてくる。

「……うん」

断る選択肢はない。結婚はさておき茉奈のことについてはきちんと話し合わないと。

でも、それはいつ？

彼がドアを開けて出ていこうとした瞬間、早口でまくし立てる。

「あ、あのね。茉奈は、平日は九時前とかわりと早く寝てくれるの。今日も疲れているみたいだし。だからその後なら話せると思う」

「電話で？」

すかさず切り返されたが、なぜかその顔は少しだけ厳しかった。

「……ここに来てくれてもいいよ」

最初からそのつもりで提案したのに、衛士は目を白黒させている。彼にとっては突拍子もない提案だっただろうか。

けれど茉奈がいるとなかなか落ち着いて話せないし、平日の昼間は私も仕事がある。土日や保育園が終わってから陽子さんに改めて茉奈を預けるのも気が引けた。そうやってスケジュールの調整をしていたら次はいつ会えるかわからない。とはいえ、それはすべて私の都合と気持ちだ。

「あ、でも仕事が忙しいだろうから改めて都合をつけてでも」

「未亜」

補足する私を衛士が名前を読んで静かに制した。再び私たちの視線が交わる。

「あまり遅くならないようにする。だから今日でかまわないならこうして直接会いたい」

「……うん、わかった」

素直に返すと不意に彼から距離を詰められ、肩に触れられたかと思ったらそのまま軽く頭にキスを落とされる。

「また連絡する」

ぼうぜんとする私をよそに衛士はなんでもなかったかのように告げ、去っていた。

こういったことをさりげなくしてしまえるのは、付き合っていたときから変わらない。きっとアメリカでは挨拶みたいなものなんだ。

しっかりしないと。衛士とは茉奈の父親として会うだけで、昔の想いに引きずられるわけにはいかない。

終わっているんだ、私たちは。ううん、むしろ始まってさえいなかったのかもしれない。

なかなか部屋に来ない私を心配してか、茉奈がやって来る。手にはやっぱりぬいぐるみを持ったままで、私は彼女を抱き上げた。

くっきりとした目鼻立ち、大きな目。衛士と再会して、ますます茉奈は彼の娘なのだと実感する。

茉奈は予定通り、九時頃には夢の中へ旅立った。和室の寝室と洋室のリビングはひと続きになっていて、部屋を分け隔てていた襖を取り払い、今はカーテンで間仕切りをしている。

よくも悪くも気配が伝わるので茉奈が起きたらすぐわかるのがちょうどいい。そのぶん音を立てないように気をつけなくてはならないけれど。

残った家事や持ち帰った仕事をする貴重な時間だが、今日は落ち着かずソワソワしっぱなしだった。先ほど、必要以上にスマホを気にしているところに衛士からメッセージが送られてきたのだ。

仕事が終わって今から向かうといった内容で、茉奈が寝ているからインターホンを押してほしくない私は、鍵を開けておくから勝手に入ってきてと返した。すると、改めて連絡するから絶対に戸締まりしておくようにとすかさず返事がある。

まったく。こういう心配性なところは変わらないんだから。

念のため玄関の鍵を確認しに行く。そしてなんとなくドアを開けると、むわっとした湿り気を含んだ空気が流れ込み眉をひそめた。

しかし、そこに微かに雨の匂いを感じる。さっきスマホで見た天気予報通り、崩れ気味なのかもしれない。

蒸し暑さを解消するためエアコンを稼働し、寝室には直接風があたらないよう配慮する。カーディガンを羽織ったタイミングでマナーモードにしていたスマートホンが震えた。相手を確認するまでもなく私は玄関に足を運ぶ。

「悪い、遅くなった」

「ううん。わざわざありがとう」

本当に仕事帰りそのままといった調子で、夕方会ったときと同じスーツ姿の衛士が現れた。その顔にはわずかに疲労感が滲んでいる。対する私は茉奈とお風呂に入ったので、半袖半ズボンのパジャマ兼ルームウェアを着ていた。落ち着いた色合いのブラウンカラーに白のラインが入っていて、サテン生地は肌触りがよく気に入っている。

これにカーディガンを羽織っているとはいえ、彼に比べるとかなりラフな格好なのは自覚している。

「どうぞ、上がって」

こういうとき、付き合っていた間柄なのは楽だ。あまりにもだらしないところを見られるのは嫌だけれど、一応彼と夜を過ごした経験もあるから、そこまで気を張る必要はない。少なくとも私は。

　そう思うと衛士の前では、私は素の自分でいられたんだな。

「これ、土産」

　衛士から差し出された小さな紙袋に意識を向ける。店のロゴを見て、すぐに中身の見当がついた。

　私が好きな紅茶専門店のものだ。付き合っていたとき、私がここの紅茶が好きだと伝え、彼の家で淹れて飲んだのをきっかけに、ふたりで過ごすときの定番の飲み物になった。

「うん、ありがとう」

　衛士はとくになにも言わないけれど、きっと私の好みを意識して買ってきてくれたんだ。今日会うことは突然決まったからネットではなく直接お店に行ったのかな。比較的遅くまで開いているとはいえ、お店はわりとここから遠いのに。

「さっそく淹れていい？　飲む？」

「ああ」

　短い返事がありリビングのドアを開ける。カーテンで仕切られた部屋の向こうが寝室で茉奈が寝ていると先に説明した。

「ジャケット、預かろうか？」

エアコンが効いているのでどうかと思ったが、衛士はさっと脱いで渡してきたので、しわにならないようハンガーにかける。続けてネクタイを緩める彼に、思わずドキリとして反射的に目を背けた。

衛士はきっと意識していない。なにをしてもいちいち様になる彼に、私はこうしていつも胸をときめかせていた。ネクタイにかける長い指、骨ばった大きな手、整った横顔。懐かしいようで今は知らない大人の男性だ。

あのときとは、お互いの気持ちも関係も大きく変わっている。

「適当に座って」

そそくさとキッチンに逃げ込み、紅茶を淹れるためお湯を沸かそうと、やかんに手を伸ばす。

衛士はダイニングテーブルの椅子に腰を下ろし、室内に視線を飛ばし始めた。

「仕事、忙しい？」

なんとなく沈黙に耐えられず自分から話題を振った。

「忙しいというより先月帰国したばかりで、正直仕事はおろか生活もまだ落ち着いてないんだ」

「そう、なんだ」

衛士は淡々と話すが、その中で子どもの存在を知らされ、こうして会いに来てくれているのだと思うとわずかに申し訳ない気持ちになる。

お茶でも飲みながら落ち着いてと思っていたが、私は本題を急いだ。

「あの、これからのことなんだけれど」

早く話をまとめてしまおう。声をかけると衛士もこちらに視線をよこした。私は手もとに視線を落とし、決めていた自分の言い分を早口で主張する。

「今まで通り茉奈は私が育てていくから、衛士は好きなときに、もしくは茉奈がもう少し大きくなって会いたいってなったときに時間をつくってもらえたらって思ってる。それと、もし父親として接するつもりなら、茉奈のためにできれば認知を」

「未亜」

話を遮るように名前を呼ばれ、私は顔を上げた。正面にあった衛士の姿はなく、気づけば彼はキッチンスペースに足を踏み入れ、私の左隣に来ていた。距離を縮められ、衛士の真剣な眼差しが遠慮なく向けられる。

「俺と結婚してほしい」

彼の口から紡がれた言葉に私はすぐに反応できなかった。

そっと手を取られそうになったが、今度は反射的に払いのける。

「やめて。結婚とか、責任を感じてほしくて茉奈の話をしたわけじゃない」

「わかっている。でも茉奈の存在がなくても未亜と結婚したいと思ってる」

いつも冷静な衛士がわずかに切羽詰まった様子で返してくる。対する私の心は、彼を拒否するようにどんどん冷たくかたくなになっていく。

「知ってるよ。父とそういう話になったんでしょ？　それとも出会ったときからそのつもりだった？　私は杉井電産の社長の娘だから」

衛士の整った顔がわずかにゆがみ、言い放った私の胸も締めつけられた。

卑屈になって彼を責めたくない。でも言わずにはいられない。こんなふうに衛士に心乱されるのはもう嫌だ。

やっぱり茉奈のためとはいえ、こうして会うべきではなかったの？

「悪かった。未亜を傷つけたのに、勝手なことばかり言って」

心の中で自問自答していると、声のトーンを落とした衛士が切なそうに訴えかけてきた。

「会ってもらえているだけで感謝しないとな。未亜が俺のことを嫌っているのも、恨んでいるのもわかっているんだ。でも俺は」

「そんなふうに思ってない！」

自分でもびっくりするほど、即座に彼の言葉を否定した。衛士が驚いた顔をして、私自身も動揺する。けれどすぐに自分の気持ちに向き合った。

一度、ぐっと口の中の唾を飲み込み、思いを口にする。

「思っていないよ。衛士を嫌ってもいないし、恨んでもいない」

そうだ。あんな別れ方をして、一方的に想いを断ちきって、苦しかったしつらかった。でも彼だけを責める気にはなれない。だって――。

「衛士が自分の仕事や家のことを深く話さないから、私も自分が杉井電産の社長の娘だって話さずに済んだ」

ふたりの間に仕事の話がまったくなかったわけじゃない。私は事務職だと話し、彼は普通のサラリーマンだよ、と笑っていた。そこで具体的な仕事内容や勤め先を尋ねていたら、自分も答えなくてはいけないと思った。私が杉井電産の社長の娘だと知られたくない。とはいえ嘘をつくのは嫌だ。

衛士はそんな私の心を見透かしているみたいに、仕事や両親のことを聞いてくるような真似はせず、あまり話題にしなかったのでホッとした。

私も、彼の仕事や家柄を具体的に知らなくても、彼自身を見て衛士を好きだと思っていた。

衛士の前なら気を張らずにいられる。父や家の事業などの肩書きをまとっていない私を必要として愛してくれている。うれしくて幸せで、彼とずっと一緒にいたいと思っていた。ただ現実は違っていただけだ。

私は無理やり笑顔をつくった。

「もういいよ、謝らないで。衛士と付き合っている間、私は幸せだったから」

衛士の気持ちも当時の思惑もわからない。ただ、これだけは揺るぎない真実だ。茉奈だって彼がいたから授かれた。

別れてすぐの頃は、彼と出会ったことを後悔した。けれど時間が経って、母親になり、彼との過去を完全に割りきれないものの少しだけ冷静に考えられるようになった。

もしかすると衛士も同じだったのかな？　彼もラグエルジャパンの後継者だって知られたくなかった？　私に、というよりそばにいる人間に。

当時の彼の気持ちを慮（おもんぱか）るが、それより今は未来の話だ。ところが話を戻そうとした瞬間、強引に肩を抱かれ、彼に抱きしめられる。

「ちょっ」

「もう未亜に嘘をついたりしない。約束する。後悔させない。だから結婚を承諾してくれないか？」

　顔は見えないが、耳もとで低く真剣な声で訴えかけられる。衛士の本気が伝わってきて、蓋をして閉まっていたはずの心が揺さぶられた。

　どれくらい沈黙が続いたのか。イエスともノーとも答えられずにいる私に対し、衛士はさらに問いかけてくる。

「……もしかして誰かほかに想いを寄せる男でもいるのか？」

　あまりにも予想だにしていなかった質問に、私は弾かれたように顔を上げた。

　まさかそんな発想をされるとは思ってもみなかった。勢いよく否定したはずみで、至近距離で目が合う。面食らった衛士が目に映り、私は再び視線を落とした。

「いない。いないよ！」

「衛士こそ、なんでそんなに結婚にこだわるの？」

　尋ねてから愚問だと思った。もともと彼は真面目な性格だ。ラグエルジャパンの後継者だという体面だってある。血のつながった茉奈の存在を曖昧にさせるわけにはいかないだろう。なにより父とのやり取りだってある。

　唇を噛みしめていると、不意に頬に手を添えられ上を向かされた。先ほどとは違って揺れない瞳につかまる。

「未亜を誰にも渡したくないからだ」

心臓を鷲掴みにされ、呼吸が止まりそうだ。

「私……」

震える声でなにか返そうとするもうまくいかない。衛士は私のおでこにそっと自身の額を重ねてきた。

「今度は間違えない。未亜を傷つけたぶん、幸せにしてみせる。絶対に」

強い決意が嫌でも伝わる。心臓が打ちつけて胸が苦しくなり、顔を背けたいのにそれも叶わない。でも、これだけは言っておきたい。

「い、今の私の幸せは茉奈の幸せなの。だから茉奈のことを一番に考えてほしい」

はっきりと告げると、衛士は微かに笑った。

「わかってるよ」

「本当に？　ラグエルジャパンの跡取りにしようとか結婚相手とか、茉奈の未来を勝手に決めたりしない？」

「未亜みたいに？」

勢いづいていた私は、衛士の切り返しで止まった。言葉に詰まったのは図星だったからだ。茉奈には私みたいな思いはしてほしくない。

わずかな沈黙の後、衛士が続ける。

「そんなつもりはない。ただ、たくさんの可能性を用意してやるのは悪いことじゃないはずだ。一緒に茉奈に寄り添って、茉奈の意思を尊重していこう」

穏やかな声と論理的な言い分にわずかに気持ちが落ち着く。素直にうなずきそうになって、はたと気づいた。

「なんだかこの流れ、結婚するのが前提で話が進んでない？」

唇を尖(とが)らせて尋ねたら、彼は口角を上げにやりと笑った。懐かしい、余裕めいた衛士の表情。

「前提もなにも未亜は俺と結婚するんだ」

「私の意思は無視なの？」

「まさか。だからこうして必死に口説き落としている」

思わず噴き出しそうになる。軽快なやり取りがどことなく付き合っていた頃を思い起こさせ、なんだか気が抜けた。そして心の中でもうひとりの冷静な私が、訴えかけてくる。

本当はとっくに理解している。茉奈のためにも、父の……杉井電産のためにも、衛士と結婚するのが正しいんだ。

もう恋はしない。政略結婚でかまわないって割りきっていたじゃない。

「……もしも好きな人ができたらどうするの？」

緊張で喉の渇きを覚えながら私は声を発した。

「未亜に？」

「衛士にだよ」

間を空けず返すと、どういうわけか眉をつり上げていた衛士は顔をこわばらせた。

お互いに政略結婚だと割りきっていたとしても、子どもには関係ない。結婚して茉奈を悲しませるなら本末転倒だ。

「俺は未亜や茉奈を誰よりも大切にする。未亜を失うような真似はもう二度としない」

自分の中の懸念を吐き出し、彼の回答にひとまずホッとする。心なしか張りつめていたものが緩んだ。

「……うん」

不意に改めて彼と目が合い、言葉がなくてもこの後の展開を悟る。

こちらをうかがうように距離を縮められ、私が目を閉じるのと唇に温もりを感じたのはほぼ同時だった。

まるで初めてキスを交わしたときみたいだ。

重ねるだけの優しい口づけは懐かしくて甘い。

「私……衛士と結婚するよ」

唇が離れ、小さくつぶやく。満面の笑みとは言えないけれど、なんとか笑った。

衛士は一瞬切なそうな顔をした後、私を力強く抱きしめた。

「未亜も茉奈も俺が守る。結婚してよかったって必ず思わせるから」

「……ありがとう」

思いきっておずおずと彼の背中に自分の腕を回してみる。覚悟を決めないと。

「私も、がんばるね」

恋や愛だけで動いていたあの頃とは違う。母親なんだから、自分の気持ちだけではなくて周りのことを考えないと。結婚するからには衛士にも歩み寄って、彼のいい妻にもならなければ。

「未亜はもう十分すぎるくらいがんばっている。結婚するんだから、これからはもっと俺に甘えて頼ってほしいんだ」

自分を必死で鼓舞していたのに、衛士の言葉でなんだか泣き出しそうになった。

気づかれたくなくて衛士の胸に顔をうずめ、さらに密着する。昔からこうやって衛士はさりげなく私の心を軽くしてくれる。

どうしよう。あの頃の彼に対する想いがあふれ返りそう。

ただしそれはあくまでも当時のもので、今の衛士への気持ちはまだ揺れ動いている。

嫌いじゃない。でも過去のこともある。

いいんだ。どんなものであれ、この結婚に私の本音も本心もいらない。

茉奈のために、杉井電産のために結婚するのは、相手が衛士ではなくてもいつかは受け入れていた話だ。

だから結果的に、結婚相手が茉奈の実の父親である衛士でよかった。

でも、きっと昔みたいな関係には戻れない。家柄や背景などなにも知らずに、私を見て愛してくれていると思っていた衛士も、純粋に彼を信じて大好きだった私も、もういないから。

とっくにやかんのお湯は沸いている。買ってきてもらった紅茶を淹れないと。茉奈だって起きるかもしれない。

そう思う一方で、もう少しだけ彼の温もりに包まれていたかった。

第三章　通り雨に交差した過去と今

衛士は仕事の都合をつけてはアパートに足を運び、極力私や茉奈に会いに来た。父には改めて結婚の報告と挨拶を済ませたらしく、続けて叔父夫婦のところにもわざわざ頭を下げにやって来た。

敦さんも陽子さんも驚いていたがすぐに衛士と打ち解け、敦さんは今後の杉井電産や業界の行く末について熱く語り、衛士と盛り上がっていた。無意識に、ここに父も加わるとどんな話になるんだろうと想像する。

衛士との結婚を決めた数日後、私は茉奈を連れて父のお見舞いに行った。もちろん自分の口から彼との結婚を報告するためだ。それ自体は父も想定内だったのか、とくに大きな反応はなかった。

しかし私が父に告げることはこれだけじゃない。ずっと口を閉ざしていた茉奈の父親について話す日がきた。相手が衛士だと知ったら父はなんと言うだろうか。もしかすると激怒して、打って変わって結婚に反対するかもしれない。

抱っこしていた茉奈が下りたがるので、そっと解放し父に向き直る。

「それでね、お父さん……ずっと黙っていた茉奈の父親についてなんだけど」

おずおずと切り出すと、父の鋭い視線が飛んできそうな気がして思わずうつむいてしまった。

「実は、彼が……朝霧衛士が茉奈の父親なの。二年前、お父さんに内緒で付き合っていて……」

白状する声が震える。今でこそ会社のためにラグエルジャパンを頼る決意をした父だが、当時は敵対視していた。衛士の正体を知らずに付き合っていたとはいえ、父にとって私のしたことは裏切り行為に映るだろう。

叱責されるのを覚悟する。

「そうか。なら、この結婚は未亜や茉奈にとっていいものなんだな」

しかし返ってきたのは穏やかなものだった。

「じーじ」

ベッドの端から顔を覗かせ、必死に様子をうかがおうとする茉奈の頭を父はそっとなでる。

「茉奈はまた大きくなったな」

「う、うん。周りをよく見てるから、どんどん言葉もできることも増えてるよ」

茉奈の父親に関して、もう言うことはないの？

「茉奈、よかったな」

父は満足そうに、微かに笑っているように見えた。

もしかして父は茉奈の父親に関して、知っていたの？

尋ねたい衝動をぐっとこらえ、父を真っすぐに見すえた。

「お父さん、だから杉井電産のことは心配しないで、早くよくなってね。茉奈も退院するのを待ってるよ」

茉奈はその場でぴょんぴょんと跳ねだしたので、抱っこして視界を高くする。

「そうだな」

病に倒れて、父は幾分か丸くなった気がする。気落ちしているとでもいうのか。

父には私の結婚のことでやきもきさせたこともあった。会社の行く末と娘と孫の将来。それが一気に解決する。やっぱり衛士と結婚を決めてよかったんだ。

納得する反面どこまでも理屈づける自分が、これは恋愛結婚ではなく政略結婚なんだと言い聞かせているように思えた。

「未亜」

名前を呼ばれ我に返る。ここはアパートで、今日は少しだけ早く衛士がやって来たので、茉奈の相手をしてもらっていた。

「な、なに?」

「もう限界らしい」

洗い物をしていた手を止め、キッチンから顔を覗かせる。ソファに座っている衛士の膝の上で絵本を読んでもらっていた茉奈は、目を半分閉じて船を漕いでいた。

「ありがとう。寝かしてくるね」

すばやく近づき、そっと茉奈を抱き上げる。体を預けてくる茉奈はぽかぽかしていて、小さな存在を愛しく思う。

茉奈はすっかり衛士に懐いていて、今日も自分から絵本を持っていって彼に読んでほしいとねだっていた。衛士が絵本を読むのが意外とうまいことに驚き、ふたり揃って絵本に集中する姿は親子だとしみじみ感じる。

その光景を見て、なんだか不思議な気持ちになった。いつか茉奈に父親のことをどう説明すべきなのかを、ひそかに悩んでいたから。

今はまだわかっていなくても、そう遠くない未来に、自分のそばに父親がいないと茉奈も気づく。その前に父の決めた相手で茉奈を受け入れてくれる男性とさっさと結婚すべきなのかとも考えたが、覚悟はあっても踏ん切りがつかなかった。

けれど今、茉奈はごく自然に衛士を受け入れている。もちろん彼のまめな歩み寄りがあってこそなんだけれど。

茉奈の規則正しい寝息を確認して私はリビングに戻った。衛士はソファに座ったまま、さっきまでの表情とは一転し、今はタブレットを厳しい顔で見つめている。

「お疲れさま。お茶淹れようか?」

声をかけると彼の視線がすぐさまこちらを向く。

「いや、かまわない」

すげなく断られ考えを変える。ただでさえ忙しいのだから、このまま帰宅するのかもしれない。茉奈との交流も済んだことだし。

「未亜」

余計な提案だったと思っていたら、名前を呼ばれる。

「なに?」

キッチンに向いていた足の方向を変え、タブレットを傍らに置いた彼に近づくと不意に手を取られた。そのまま強く引かれ、反対の手は腰に回される。

「わっ」

完全に油断していた私は衛士の方に身を乗り出し、気づけば彼の膝に座らされ背後から抱きしめられる体勢になる。あまりにも手慣れている彼に動揺が隠せない。

「次は未亜の番」

うしろからささやかれるのと同時に、背中越しに体温が伝わる。

「頼んでないよ」

心臓が激しく打ちだすのをごまかすために、ぶっきらぼうに答えた。抵抗して立ち上がろうとするが、前に回された腕の力が思いのほか強い。なんのつもりなんだろう。

「俺が未亜に触れたかったんだ」

私の心の内を読んだのか、真剣な声色に意識せずとも体が熱くなる。平静を装わないと。

「わ、私は」

「今度、三人で出かけないか？」

彼の提案に私は言葉を止め、目を瞬かせた。軽く身じろぎしつつ顔は前を向けたまま答える。

「でも衛士、忙しいでしょ？　無理しなくても今のままで茉奈は十分に」

「無理はしていない」

きっぱりとした口調で遮られる。続けて腕の力を強められ、私はさらに彼と密着するはめになった。

「俺が茉奈や未亜ともっと一緒に過ごしたいんだ」

宣言するような懇願めいた言い方だった。温もりどころか息遣いや心音まで伝わってきて、逆にこちらのささいな動揺さえ気づかれてしまうのではと不安になる。

「で、出かけるってどこに？」

「水族館にしよう。茉奈が興味を示していた」

思いきって尋ね返すと、すぐさま回答が返ってきた。さっき茉奈が衛士に読んでとねだっていた最近お気に入りの絵本は、水族館が舞台になっている小さな魚が主人公の物語だ。

茉奈のことを考えてくれての申し出だと思うとやっぱりうれしくなる。

「茉奈、水族館に行ったことないからきっと喜ぶと思う。でもイルカのショーを観るには、かなり早い段階で座ってないと無理だよ？」

近くにある水族館はアシカやイルカなどのショーに力を入れていて、とくに一番人気なのはイルカショーだ。

そのぶん、限られた席の争いはなかなか熾烈だったりする。これは実体験だった。

「わかってる。前の方の席を狙うなら尚さらだな」

「茉奈がいるから、そんなに前じゃなくていいよ」

苦笑しながら衛士に返す。すると彼は私の頭にそっと手を置いた。

「絶対に前で観るって譲らなかったのに」

「あ、あのときは」

さっきから私たちが話しているのは過去の話に基づいてだった。

衛士とのデートで以前、私たちは水族館を訪れている。張りきる私に衛士はあきれながら付き合ってくれた。

あのときは並ぶのを渋ったのは彼の方だったのに、今は立場が逆だ。

「思ったより濡れて、その後すぐに帰るはめになったんだよな」

懐かしむ声色に私も素直にうなずく。

「私より衛士が濡れちゃったんだよね。しかも帰り際に天気が崩れて、結局ふたりとも雨に降られたから衛士のマンションに行って過ごすことになって……」

同意を求めるように衛士の方に顔を向け、言葉を止める。そういえば初めて彼と体を重ねたのはあのときだった。

気づくと思った以上に彼の整った顔が近くにあり、目が合ってドキッとした瞬間、時が止まったような感覚に陥る。

彼の動きがやけにスローモーションに感じて目が離せない。緩やかに唇を重ねられ、ごく自然に受け入れる。

しかしすぐに我に返った私はぱっと顔を背けた。恥ずかしさと自己嫌悪で頬が熱くなる。

今の彼とは恋人でもなんでもない。つい昔話に感傷的になってしまっただけだ。

自分に言い聞かせていたら不意に衛士の手が伸びてきて、顔の輪郭に添えられたかと思ったら再び強引に彼の方に向かされた。

「未亜」

低い艶っぽさをはらんだ声で名前を呼ばれ、心臓が小さく跳ねる。触れた指先から伝わる熱が熱くて、彼の瞳につかまり動けない。

「もう一度、必ず俺のものにしてみせる」

目を見開いて固まっていると今度は彼から強引に口づけられた。

「ちょっ」

とっさに抵抗を試みるもすぐさまキスで言葉を封じ込められる。

この口づけを私は知っている。甘くて優しい、私をとろかせるキスだ。

角度や触れ方を変え衛士は口づけを続けていく。受け入れることも拒むこともできない。

「俺が嫌いなら……嫌なら本気で抵抗してほしい」

そんな私を見越してか、唇が触れるか触れないかギリギリの距離で吐息交じりにささやかれた。

どこか不安そうな面持ちに気持ちが揺れる。

「嫌……じゃない」

目線をあえて彼からはずし、絞り出すように声を発して答えた。わずかな沈黙も怖くなり、わざと唇を尖らせる。

「だいたい、その前提はずるいよ」

『衛士を嫌ってもいないし、恨んでもいない』

この前、本人に向かって伝えたはずだ。そもそもここまで強引に進めてから、尋ねるなんて。

内心で悪態をついていると唇に乾いた感触がある。衛士が私の顎に手をかけ、彼の長い親指が私の下唇をなぞっていた。

「ずるくてかまわない。未亜が受け入れてくれるのなら……未亜を手に入れるためならなんだってする」

意志の込められた眼差しを受け止めた瞬間、唇を押しあてられ、軽く舌でなめ取られる。ぎこちなく唇の力を抜くとキスは自然と深いものになる。

彼に求められるときは、いつもこの流れだ。

『好き』

キスの合間にあふれる想いを口にしたら、衛士はうれしそうに目を細めていた。その顔も優しくて大好きで……。でも今は想いを言葉にできない。

「んっ……ん」

代わりに漏れるのは甘ったるい声だけだ。無意識に衛士のシャツをぎゅっと掴むと腰に回されていた腕に力が込められ、体をひねるようにして体勢を変えるのを促される。背後からだったのが、いつの間にかソファに両足を乗り上げ衛士に横抱きされる形になっていた。抱きしめる力が強くなり、ますます逃げられない。

離れようとしてもすぐさま唇を重ねられ、彼の口づけに翻弄されていく。

こんなキスだって初めてじゃない。でも――。

意を決し、精いっぱいの力を込めて彼の肩を押す。さすがに驚いたのか衛士の動きが止まった。

「衛、士。待っ……て」

切れ切れに訴えていたら、ばちりと音がしそうなほど近くで視線が交わる。とっさにうつむき、私は必死で乱れる呼吸と脈拍を整えようとした。

するとき衛士にきつく抱きしめられ、彼の顔は見えないまま密着する。

「未亜」

彼の手は私の頭をそっとなでていく。大きい手のひらは温かい。

「未亜は聞きたくないかもしれないが、ちゃんと話したいんだ。別れたときのことを」

続けて紡がれた言葉に私は固まった。

「俺は」

そこで私は顔を勢いよく上げる。彼に反応したわけじゃない。衛士もまた私ではなく違う方向に注意を向けていた。カーテンで仕切られた隣の寝室だ。

小さな声で「ま、まー」と聞こえる。茉奈が寝惚けているのか、起きたのか。

慌てて衛士から離れ、寝室に向かう。明かりの落とされた寝室では、茉奈が小さく身じろぎしていた。慌てて隣に横になり、とんとんと軽く叩く。うっすら目を開けた茉奈だが、私の存在に安堵したのかしばらくするとまた夢の中へと旅立っていった。

息さえ押し殺し、その場を静かに離れる。

カーテンを開けると、衛士は帰る支度をしていた。立ち上がった彼にそっと近づく。

「茉奈、大丈夫か？」

「うん。たまにこうやって何度か起きちゃうんだよね」

これでもまとまって寝てくれるようになった方だ。眠り続けるのも体力がいるらしく、前は数時間おきに起きていた。

「未亜は、本当に休みなしなんだな」

衛士は複雑そうな顔でしみじみとつぶやいた。逆に私は明るく答える。

「しょうがないよ、母親だもん」

あきらめというより、前向きなうれしさからだった。母親としての自信は正直あまりないし、迷うことばかりだ。けれど、こんなにも私を必要としてくれる茉奈が愛しくてたまらない。

「もしも出かけるのがしんどいなら」

「そんなことない！」

衛士の言わんとすることを察し、先に制する。思ったより大きい声になってしまい、急いで寝室をうかがうが茉奈が起きた気配はない。

私はもう一度、衛士に向き直った。

「茉奈、喜ぶだろうし……私も久しぶりに水族館、行ってみたい」

私の告白に衛士は目を丸くした後、やわらかく笑った。

「俺も楽しみにしている」

その表情に胸が勝手に高鳴る。大好きだった……大好きな衛士の笑顔はあの頃から変わらない。

私はまた彼に恋に落ちてもいいんだろうか。

第四章　やらずの雨に秘めていた本音

日差しがまぶしい七月最終週の土曜日、お昼前に衛士はアパートに迎えに来た。

「えーし！」

「茉奈、出迎えありがとう」

茉奈はすっかり衛士に心を許していて、彼を見つけ玄関まで駆け寄っていく。手を上げて抱っこをせがむ茉奈を衛士はひょいっと抱き上げた。その光景は親子そのもので微笑ましいが、問題は呼び方だ。

私が彼を名前で呼ぶのを真似てか、茉奈まで衛士を名前で呼んでしまっている。

茉奈にとって〝お母さん〟や〝ママ〟は私と認識できているが、彼女にとって父親やお父さんという存在はほぼ無縁でいたのだから無理はないのかもしれない。

「茉奈、〝お父さん〟でしょ？」

同じく玄関に歩を進めた私は茉奈を軽くたしなめた。そこで衛士と目が合う。

「……で、いいのかな？」

急に自信がなくなり彼に尋ねると、衛士は眉尻を下げて曖昧に微笑む。

「ああ。でも無理をさせなくていい。茉奈にとって俺は急に現れた男で、父親だって認識させるのは簡単じゃないだろうから」

自分の娘なんだからと無理強いさせず、一歳とはいえひとりの人間として衛士が茉奈を扱ってくれているのを感じて心が温かくなる。

正直、私自身だって衛士の存在をまだ完全に受け入れられたわけじゃない。だから茉奈に偉そうなことは言えない立場だ。けれど――。

「私、茉奈の前では衛士のこと〝お父さん〟って呼ぼうか？」

歩み寄ることはできる。子どもに合わせて配偶者をお父さん、お母さんと呼ぶ家庭は多いし、衛士の気遣いに少しでも応えたくて提案した。

ところが衛士はなんとも言えない表情になる。

「茉奈と話すときはかまわないが、できれば未亜には変わらず名前で呼んでほしい」

「でも」

「茉奈の父親ではあるけれど、未亜にとってはひとりの男でいたいんだ」

彼の言い分に私は目をぱちくりさせる。衛士は言ってから急に目を背け、照れくさそうな顔になった。

「って、贅沢なことを言ってるな、俺は」

「ううん。ありがとう、衛士」

私は笑顔で彼に答える。次に目線を衛士に抱っこされている茉奈に移した。

「茉奈、今日はお父さんも一緒に出かけようか」

「はい！」

元気よく手を上げる茉奈を見て、私は準備しておいた荷物を取りに行くため一度リビングに戻った。衛士に指示をして茉奈の靴を履かせてもらう。

今日の彼はネイビーのサマーニットにモカ色のテーパードパンツと、シンプルにまとめている。スーツ姿を見慣れていたのでなんだか新鮮だ。半袖から覗くほどよく筋肉のついた二の腕にドキッとした。

対する私はホワイトのトップスに淡いオレンジのカラーパンツという組み合わせで、おしゃれさはあまりない。茉奈を追いかけたり抱っこするのが前提で、どうしても動きやすさ重視になってしまう。

でも今日はデートじゃなくて、家族でお出かけなんだし。

茉奈は夏らしく向日葵が描かれたノースリーブのワンピースに、ズボンをはかせている。

衛士と私服で出かけるのはそれこそ付き合っていたとき以来で、さらに今は娘も一緒とはなんだかくすぐったい。

衛士の車は、茉奈のためにチャイルドシートが先に設置されていた。当初は私の車で行こうと話したのだが、いずれは必要になるし用意しておくと彼が言ったので任せておいた。こういうところは本当にそつがない。さらに、私の車につけているものよりいい代物なのでちょっと悔しくなる。

茉奈を後部座席に設置されているチャイルドシートに乗せると、いつもと席も車も違うからかきょろきょろと辺りを見回した後、すんなりと体を預けた。

続けて茉奈の隣に座ろうかと思ったが、茉奈は車に乗ると比較的おとなしく窓の外を眺めたり眠ったりするので、変に興奮させないためにも私はいつものように前の席にした方がいいのかもしれない。

助手席に座り、改めて運転席に座る衛士を見つめる。すると不意に彼と目が合った。

「な、なに?」

「いや、なんだか不思議な気分だな。未亜がこうしてまた助手席に座って、うしろには娘までいるんだから」

衛士も同じ気持ちでいたんだ。もしも茉奈がいなかったら私は衛士との結婚を突っぱねていたのかな?

そもそも彼があそこまで結婚に必死になっていなかったかも。

そこである考えがよぎる。

「衛士は……」

勢いに任せ口にしようとしたものの、言いよどんだ。

「どうした？」

案の定、隣から不思議そうに問いかけられる。けれど私は小さくかぶりを振った。

「ごめん。なんでもない。気にしないで」

そのまま窓の外に視線を向ける。ごまかしたつもりはないが、素直に聞けなかった。

衛士はほかの女性と結婚する予定だったんじゃないの？

車が信号で停止し、頭に温もりを感じる。反射的に衛士の方を見ると、彼は私の頭に手を伸ばしたまま軽く微笑んだ。続けてちらりと茉奈の方に意識を向ける。

「休憩が必要なら遠慮なく言えよ」

「うん、ありがとう」

衛士の気遣いに目を細めた。彼が茉奈を大事に思ってくれているのは間違いない。

それで十分だ。

その結論に至ったところで、頭に触れていた彼の手がゆっくりと下りて頬をすべっていく。焦らすような、確かめるような触れ方に胸がざわめく。

信号が変わるタイミングで彼の手が離れ、温もりが余韻となって残った。なんでこんなにも名残惜しく感じるんだろう。

「茉奈、おとなしいな」

「うん。車に乗るのが好きみたいで、基本的に機嫌よくしてくれてるよ」

話題を振られ答える。それからしばらく茉奈の話で盛り上がった。私も意識して茉奈が生まれてから今までの成長について話す。きっと衛士は自分の娘である茉奈のことを知りたいだろうから。

水族館は予想通り多くの人で賑わっていた。チケットは先にインターネットで予約購入していたので、チケットカウンターに並ぶ必要はない。

「あっ！」

入口に差しかかり茉奈と手をつないでいた私は、あることに気づいた。

「どうした？」

「ベビーカー忘れてきちゃった。貸し出ししてもらえるかな？」

こういった施設なら貸し出し用があるかもしれない。首を動かし案内を探していると衛士から声がかかる。

「茉奈もだいぶ歩けるみたいだし必要ないんじゃないか？」

「うん。でも……」

衛士の言い分は理解できる。茉奈は十分に歩けるし体力もある。それなら、もっと小さな子どもが使うべきだ。

ただ、私には不安に思っていることがあった。

「茉奈がどこかに行ったりしないか心配で……」

茉奈は好奇心旺盛で自立心も強い。以前、茉奈と買い物に出かけた際に売り場がやけに混んでいて、ふと商品に気を取られた瞬間、茉奈はつないでいた私の手を振りきり人混みの中に走っていったのだ。

幸いすぐに見つかったが、あのときは心臓が止まるかと思った。

抱っこやカートに乗せてもすぐに下りると主張するし、手をつないでいても必要ないと振りきろうとする。自己主張は成長の証だ。でも、そのせいで茉奈になにかあったら私の責任だ。

それなら、多少嫌だとごねられてもベビーカーに乗せていた方がいい。

私がしっかりしていないと。私しか茉奈を守れないんだから。

「今日は俺もいる」

私の説明を黙って聞いていた衛士が不意に口を挟んだ。

「完璧にとは言えないが俺も茉奈を見るし、つかまえておく。だから未亜がひとりで抱え込まなくても大丈夫だ」

そう言うと衛士は私と手をつないでいた茉奈を手招きする。なんの迷いもなく近づく茉奈を衛士はひょいっと抱き上げた。私よりも安定感があるからか視線が高くなるからか、茉奈は衛士の抱っこが大好きだ。

機嫌よく笑う茉奈を見て、抱えていた不安が少しだけ軽くなった。

全部抱え込まなくてもいいんだ。こうして衛士を頼って甘えてもいいのかな？

気負っていたものをこんなふうに一緒に抱えてくれる人がいる。私はひとりじゃないんだ。

「未亜」

続けて名前を呼ばれ、衛士に手を差し出される。彼は茉奈を余裕たっぷりに片手で抱っこしていた。

「わ、私はいいよ」

思わず拒否すると衛士の表情がわずかに曇る。

「俺がつなぎたいんだ」

ぶっきらぼうに告げられ、飾り気のない素直な言い方に虚をつかれる。

続けて思わず噴き出しそうになり、私は自分の手を彼の手に重ねた。するとすぐに強く握られ、彼の方に引き寄せられる。

「茉奈だけじゃない。未亜のことも見て、つかまえておく」

打って変わって真剣な声色だった。体温が一瞬で上昇し、それを知られないようにわざとおどけて返す。

「私は、勝手に走ってどこかに行ったりしないよ？」

衛士はなにも言わないまま真面目な面持ちを崩さない。だから私もそれ以上、下手にごまかさず思いきってつながれている彼の手を握り返した。力強くて大きい彼の手に安心する。

「行こうか。茉奈、お魚見るの楽しみだね」

「かなー」

衛士に抱っこされている茉奈に話しかけると、うれしそうに足をバタつかせて笑った。次に衛士と目が合う。今度は彼も微笑んでいて、その表情はやっぱり茉奈と似ている。見ると私の気持ちが温かくなるのも同じだ。

この後さらに混雑してくるだろうから、先に館内のレストランで昼食を済ませる流れになった。すでにレストランは多くの人で賑わっていたが席はまだ空いている。小さい子ども向けのメニューも豊富に用意されていて、茉奈にはお子様用のうどんを選んだ。茉奈のうどんが一番にやって来たので、持ってきていたエプロンを茉奈に装着する。

「茉奈、いただきますして」

「いただまーす」

手をぱちんと合わせて挨拶したので、改めて小さなお椀にうどんを取り分けてやる。軽く息を吹きかけ冷ましてから彼女の前にお椀を置くと、茉奈は待ちきれないといった様子でフォークを片手にうどんを食べ始めた。

「上手に食べるんだな」

一連の流れを見ていた衛士がしみじみとつぶやく。

「うん。保育園の先生にも褒められるんだけれど、茉奈はとにかく食べることが好きみたいなの」

「未亜と似ているな」

「かもね」

苦笑して答えながら茉奈に気を配る。

衛士と付き合っていた頃、気になるお店や行ってみたいカフェなどの情報を主に私が収集し彼に提案して一緒に行っていた。

もともとひとりで行動することにためらいはないが、おいしいものや素敵な場所を誰かと共有できるのがうれしかった。衛士は毎回、嫌な顔ひとつせず付き合ってくれて、なにげない会話を彼と楽しむのが幸せだった。

その経緯から私の好みを把握して、たまに衛士が連れていってくれる場所はどれもはずれがなく驚いた。本人を前にしているからか次々と彼との思い出がよみがえる。

以前は思い出すだけで苦しかったのに。

「衛士と一緒に行ったアフタヌーンティーセットがあるカフェ、まだやってるかな?」

ふと気になったことを口にする。紅茶がおいしくて、予約必須のアフタヌーンティーセットが有名なカフェの存在を思い出した。パティシエのこだわりのスイーツや焼き立てのスコーン、フルーツの盛り合わせは、味はもちろん目でも存分に楽しめて印象に残っている。

とはいえ茉奈が生まれてから、おしゃれなカフェにはもうずっと足を運んでいない。おかげであの頃とは違い、新しくオープンしたお店の情報や足繁く通っていたカフェの現在の状況などは私の中でまったくアップデートされていなかった。

　さりげなく衛士がスマートホンを探りだす。

「まだやってるみたいだな」

　その回答で胸をなで下ろす。

「そうなんだ。いつかまた行きたいなと思っていたの」

「なら、今度一緒に行こう」

　間髪を入れない衛士の切り返しに目を丸くする。

「で、でも茉奈が行くと周りやお店の迷惑になるんじゃ……」

　小さい子ども向けの雰囲気ではあまりなかったと記憶している。

「でも、お子様連れ歓迎だって書いてある」

　衛士が読んでいるのはおそらくお店のホームページかなにかだろう。にわかに信じられない私に対してか、衛士がスマートホンを渡してきた。

　たしかにそこには〝お子様連れ歓迎〟の文面と、キッズスペースの写真や子ども用メニューが載っていた。あのときは気づかなかったが、広い店内だったので私たちの通された席がたまたま大人ばかりだったのかもしれない。

「なんなら俺が茉奈を預かろうか？」

　衛士の提案に私は唇を尖らせる。

「いいよ。茉奈を置いていく選択肢は私にはないの」

スマートホンを彼に返しながら答えた。行きたいとは思ったが、茉奈も一緒なのは大前提だ。だからこそ、もう少し茉奈が大きくなってからでもいいと思っている。

そもそも何度も会っているとはいえ、まだ衛士に茉奈を預けるのも不安だ。

「だったら決まりだな」

さらりと衛士が決定事項として固める。強引な彼に目をぱちくりさせていたら、彼は私をしっかりと見つめてきた。

「未亜の希望を叶えたいんだ」

そのとき私の注文していたパスタがテーブルに運ばれたので受け取る。すると衛士が席を立ち上がった。

「代わる。茉奈は俺が見るから」

「でも」

「いいから。たまにはゆっくり食べたらいい」

衛士の言葉で、席を代わった。今度は茉奈と隣に座る衛士を眺める立場になる。衛士は私がしていたことをよく見ていたらしく、茉奈の口を適度に拭いてやり、水を飲ませたりしている。茉奈も彼に世話を焼かれるのを受け入れつつ食べ進めていた。

新鮮な気持ちでパスタにフォークを絡める。

「衛士、さっきの話だけれど」

私から切り出すと、彼の意識がこちらに向いた。

「行くなら苺の季節がいいかも。茉奈が好きなの」

「わかった」

私の答えに、衛士は隣にいる茉奈を見て笑った。

「茉奈は、苺が好きなんだな」

「すきー」

うどんを食べつつ茉奈が主張する。なにが好きと言われているのかまでわかっているのか、いないのか。でもフルーツが好きな茉奈は絶対に喜ぶだろうな。

想像すると楽しみになってきた。茉奈と外で食べるのを決めてこんな気持ちになるのは初めてだ。きっと私ひとりでも茉奈を連れていけるかもしれない。けれどどこか億劫で、茉奈が大きくなったらと自分に言い聞かせていた。

衛士は、昔から迷う私の手を引いてくれる。

「ありがとう、衛士」

汚れた茉奈の手を拭く衛士に小さくお礼を告げる。

「いや。そうやって未亜はずっと周りに気を使いながら茉奈を育ててきたんだな。さっきは強引に決めたが、こうして茉奈の隣に座るとためらう未亜の気持ちが少しだけ理解できた」

「そんな、たいしたことはしてないよ。私、ひとりで育てているわけではないし」

陽子さんや敦さん、保育園にもお世話になっているし、父もなんだかんだで茉奈を大切にしてくれている。

そこで衛士の視線がこちらに向いた。

「十分してるさ。ありがとう、未亜」

「ありと」

衛士の真似をして茉奈まで真面目な顔で私にお礼を告げてきた。その行動に思わず衛士と顔を見合わせて笑い合う。

「そうだな。茉奈も感謝しているんだよな」

よしよしと衛士に頭をなでられ、茉奈は得意げな表情だ。

「茉奈もいつもありがとう」

生まれてきてくれて。ここまで無事に大きくなってくれて。

私も感謝の気持ちを茉奈に伝える。母親として子育てに対するプレッシャーは正直、相当なものだ。なにもかも初めての育児は正解がないし手探りの連続で、さらに茉奈には父親がいないうしろめたさがあった。

おかげで大げさに心配しすぎるところがあるのもわかっている。

でも衛士とこうやって過ごして、茉奈について対等に話したりして分かち合えるのは彼だけかもしれないと思った。

それは衛士が、子育てを手伝うのではなく自分もするというスタンスでいてくれるからだ。衛士は茉奈にだけでなく私にも寄り添おうとしてくれている。

つらくて投げ出したくて泣きたいときもたくさんあったけれど、やっぱり私は幸せだ。茉奈がいて、今は衛士もいてくれる。

その後、衛士の料理が運ばれてきて、食べ終わった私が交代し茉奈の相手をした。お互いにゆっくりとはいかなくても、いつもより気持ちも体力的にも楽に過ごせたのは間違いない。

レストランを出て今度こそ水族館に足を向ける。結果的に、薄暗く人の多い館内はベビーカーではなくて正解だった。暗いので茉奈が怖がるかなと心配していたが、衛士に抱っこされ浮かび上がるような大きな水槽に釘付けになっている。

ややあって下ろしてほしいと主張した茉奈は、小さな背を精いっぱい伸ばして目の前を通り過ぎる魚に心を奪われている。

「あー。これー」

茉奈が興奮気味に水槽を指さすと、そばに大きなカメが泳いでやって来ていた。おなかの模様まではっきり見えるほど近く、その迫力はなかなかすごい。私は茉奈の隣に腰を落として彼女に視線を合わせた。

「大きいね。これは魚じゃなくてカメだよ」

「かめ?」

おうむ返しをする茉奈に微笑む。

「茉奈に挨拶に来てくれたのかもね」

こうして見るとカメの目はつぶらで愛嬌がある。茉奈よりずっと年上なんだろうけれど。

「茉奈が乗れそうなくらい大きいな」

「本当だね」

うしろに立つ衛士の言葉に同意する。なにげない会話を楽しみつつ、私も久しぶりの水族館に心を躍らせる。

中心部にある上の階とつながっている大きな円筒の水槽は、この水族館の目玉のひとつだ。茉奈と一緒にあれこれ泳ぐ海の生き物を目で追いかける。そして茉奈の興味が一段落したところで場所を移動した。

「前に来たときとレイアウトが変わっているな」

「そうだね。イルカショーの回数も増えてるし」

思い出交じりに話しながら、衛士は改めて茉奈を抱っこする。さすがにずっと片手だけで抱いておくのはきついのか、今度は両手でしっかりと茉奈を支える。必然的に私の手は空き、その手を今度は自分から衛士の腕に持っていく。

意外だったのか、衛士が私の方を驚いた顔で見た。

「はぐれないようにと思って……だめかな?」

ぎこちなく返したら衛士は茉奈を抱っこしたまま相好を崩す。

「むしろうれしいよ。両手に花だな」

文字通り幸せそうな衛士に、つないでもらってばかりじゃなくて私から手を伸ばしてもいいのかもしれないと思った。離れたくない、そばにいたいって。

あのとき彼から手を離されて、私は抗わなかった。今みたいにしていたらなにか変わっていたのかな。

「未亜」

名前を呼ばれ我に返る。

「せっかくだからイルカショーを見に行こう」

「う、うん」

過去に思いを馳せてもなにも変わらない。私と衛士が今こうして幸せを噛みしめていられるのは、私たちの関係うんぬんの前に茉奈がいるからだ。それを忘れてはいけない。

開始時間ギリギリだったのでうしろの方の席に座ったが、無事にイルカショーを見ることができた。ボールに向かって飛び跳ねるイルカの芸は以前に来たときと同じだ。その勢いでプールの水面が派手に揺れ、前の方に座る観客たちが濡れてしまうところまで。茉奈は終始大興奮で、イルカを指さし、声をあげてはしゃいでいた。うれしそうでなによりだ。

ひと通り楽しんだ後、水族館のショップに入る。とくに欲しいものはなかったが、案の定、茉奈は人形のコーナーで足を止めた。数種類ある中で彼女が欲しがったのは、やはりイルカのぬいぐるみだ。カメのぬいぐるみとも迷っていたが、持ちやすさもあったのかもしれない。離さないといった雰囲気で買う気満々で抱きかかえている茉奈を見て苦笑する。

いつもなら軽くたしなめてもとに戻すが、今日の思い出にいいかもしれない。家族三人で出かけた初めての記念に。

「茉奈、大事にしてね」

「はい」

返事は一人前の茉奈に笑ってしまう。ショップを出ると、外の広場の柱にもたれかかっていた衛士がこちらに気づき手を上げた。そちらに足を進めようとしたら、両手でイルカを抱えた茉奈が彼のもとに駆け出す。

「あっ！」

そう私が叫んだのとほぼ同時、私と衛士のちょうど真ん中あたりで茉奈が転んだ。ある意味、予想できた展開だ。やはり抱っこしておくべきだったと後悔しつつ茉奈のもとに駆け寄る。

茉奈はゆっくりと立ち上がり、先に衛士が腰を落とし茉奈の様子をうかがっていた。

「お、茉奈、泣かなかったんだな。偉いぞ」

笑顔で茉奈を励ます衛士が発言した言葉に私は思わず反応してしまう。

「偉くない」

ぴしゃりとつぶやいた私に、衛士が目を丸くして茉奈から視線を移した。

私は静かに続ける。

「泣かないのが、偉いわけじゃない。そんなふうに言ったら痛いって言えなくなっちゃうよ。茉奈、大丈夫だった？」

私もしゃがみ、茉奈と目線を合わせる。ややあって茉奈の目から大粒の涙があふれだした。私はそのまま茉奈を抱き上げる。

おそらくけがをしたわけではなく、驚いたのと疲れがピークに達したのだろう。茉奈の泣き方は痛さを訴えているのではなく眠たくてぐずるときのものだ。

「茉奈、大丈夫か？」

衛士が気まずそうに声をかけてきたので私は軽くうなずく。

「うん。いつもならお昼寝の時間だから眠たいんだと思う」

もう帰る流れになっていたとはいえ、私たちは無言で彼の車まで歩いていく。楽しかった雰囲気がどことなく重くなってしまい、私の中で言い知れぬ罪悪感と後悔が渦巻く。

「さっきはごめんね」

茉奈を車のチャイルドシートに乗せ、助手席に乗り込んだタイミングで私は口火を切った。

「いいや、俺こそ考えなしの発言だった」

衛士が前髪をくしゃりとかく。その表情はわずかに曇っていて、彼にそんな顔をさせるつもりはなかったと胸が痛くなる。

「違う、衛士は悪くない。茉奈は褒められたってうれしかったかもしれないし、感情を抑えるのが大事なときもあるから。ただ……」

そこで私は言葉を止めた。静かなエンジン音だけが車内に響く。

「茉奈には泣くのを我慢する子にはなってほしくない……私は許してもらえなかったから」

衛士の視線がこちらに向けられたのがなんとなく伝わるが、私はうつむいたまま顔を上げられなかった。

幼い頃、私は自分で言うのもなんだが泣き虫な方だった。転んでけがしたときはもちろん、幼稚園の男の子に意地悪されては涙し、そんな私を父はうっとうしく感じていたんだと思う。『泣くな。泣いてなにが変わるんだ』とよく叱られた。

対照的に母は、存分に私に寄り添って泣くのを許してくれた。

『未亜、つらかったね。大丈夫よ』

優しく母にそう言われると、こらえていた涙があふれ出る。大好きで優しい母。でも小学生の頃に母が亡くなり、私も父も深い悲しみに突き落とされた。

葬儀の間もその後も、父は私の前ではけっして泣かなかった。だから私も泣いてはいけないと思った。父がつらい立場にいることくらいわかっている。父は私が泣くのを嫌っていた。

大丈夫。小さい子どもじゃないんだから。必死で言い聞かせて感情を押し殺す。そうやって慣れていった。成長するにつれ父の言葉も理解できるようになった。

泣いたってなにも変わらない。だからって茉奈は私みたいになってほしくない。

『未亜みたいに？』

以前、衛士に言われた言葉を思い出す。その通りだ。

「茉奈を自分と重ねて、衛士にあんなふうに言っちゃったの。ごめんね」

衛士は私の説明に口を挟まずただ聞いていた。ちらりとうしろを見ると、茉奈の目は半分閉じて、外をぼんやり眺めている。その腕にはしっかりと買ったばかりのぬいぐるみが抱かれていた。よっぽど気に入ったらしい。

「このままアパートに送ってもらっていい？　茉奈、もう限界みたいだから」

さりげなく話題を変えると、運転する衛士と目が合う。なにか言いたそうな面差しに私はそっと視線を逸らした。

そのときフロントガラスになにかがあたったのを感じる。

「あ、雨」

数粒の雨が存在を主張したかと思うと、見る見るうちに辺りを静かに濡らしていく。

「一気に曇ってきたな」

ワイパーを一段強めた衛士がちらりと空を見る。さっきまで青空が広がっていたのに、気づけば薄暗い。

「天気予報では雨マークはなかったのに」

通り雨だろうか。洗濯物の心配がないのが不幸中の幸いだ。ある意味、車に乗り込んだ後だったのでタイミングがよかったのかもしれない。

それにしても前回といい今回もとは、私は雨女なのかもしれない。

ふうっと息を吐くと、もうすぐアパートに着くタイミングでなぜか衛士が違う方向にウインカーを出したことに気づく。

「衛士、アパートはこっちだよ?」

念のため口を出すと、衛士はちらりとこちらを見た。

「未亜のアパートだと濡れるだろ？　茉奈も寝ているし、俺のマンションに連れていく」

　意外な提案に私は目を見張った。

「え、いいよ。大丈夫。濡れるっていっても駐車場からそこまで遠くないし」

たしかに駐車場から屋根のあるアパートに入るまで少し距離はある。とはいえ、今までだって突然の雨に見舞われた経験くらい何度もあった。

　しかし衛士は聞く耳を持たない。そこで私の考えは別の角度に移った。

「……衛士、引っ越したの？」

〝俺のマンション〟と言ったけれど、たしか帰国したばかりで実家にお世話になっていると話していたはずだ。なにも聞かされていなかったことに少しだけショックを受ける。

「まだ最低限のものしかないけれど、茉奈を寝かせるベッドはある」

「で、でも。先に私が傘を取ってくるから平気だよ」

傘を持っていないときは茉奈に車で待っていてもらい、私が走って部屋まで傘を取りに行く。茉奈を車に置いておくのは、けっして賢いやり方ではないかもしれないが、今は衛士がいるし。

「風邪をひかすわけにはいかない。茉奈はもちろん未亜もだ」

衛士のこの言葉で観念した。彼は言いだすと譲らないところがあるのをよく知っている。結婚に関してもそうだった。

茉奈の目はすっかり閉じていて、私は改めて背もたれに体を預けた。車内は静かで雨の音がどこか心地いい。子どもが生まれて不便さを感じるときもあるが、私は昔から雨が嫌いじゃない。

そのとき、彼と付き合っていた頃の記憶がよみがえる。

『あ、雨』

今みたいに出かけた後や衛士のマンションに立ち寄ったときなどに、雨が降りだすことが多かった。

『ここ最近、多いな』

窓の外から視線を衛士に移すと、しかめ面をしている。

『衛士は雨、嫌い？』

『雨が好きな人間なんているのか？』

すげない返事に私は笑った。

『私は好きだけどな』

意外だという顔をする衛士に、私は右手の人さし指を立てた。

『お気に入りの傘を使えるし、新しいレインブーツを履いて出かけられるから』

『この雨の中？』

私は笑顔で大きくうなずく。

『そう、雨の日だけ開いているお店があるの。普段は古書店なんだけれど雨の日はお客さんが少ないからご主人の趣味でおいしい紅茶が出してもらえて。それが絶品でね、衛士もまた一緒に行こう！』

はしゃぐ私に対し衛士は軽くため息をついた。

『それは今度でいい。それより』

そこまで言って彼は私の方にゆっくりと近づくと、正面から抱きしめる。

『今帰らなくても、もう少し小降りになってからでもいいんじゃないか？』

それは私を気遣ってなのか、なにか衛士の思惑があるのか。雨の音は逆に部屋に静けさをもたらした。時間を気にしつつしばらく葛藤し、私は彼の背中に腕を回す。

『うん。甘えようかな』

私の答えを聞いて腕の力が緩められる。彼と目が合いそっと唇が重ねられた。

『雨も悪くないな』

苦笑する衛士の顔がどこかうれしそうで胸がときめく。

ふと意識を戻し、こっそり運転する衛士の整った横顔を見つめる。

真っすぐな眼差し、すっと伸びた鼻筋に薄い唇。付き合っていたときもこうやって彼の姿を盗み見した。そのたびに、何度も彼を大好きだと再確認した。

「甘えてもいいかな？」

茉奈のためにも、彼の厚意を素直に受け取ろう。

「どうぞ。正直、未亜自身に甘えてもらいたいんだ」

「……もう衛士にはたっぷり甘やかされたよ」

私の切り返しに衛士が視線だけこちらによこす。その瞳が微かに揺れていた。私はなにも言わず微笑んで、窓の外を改めて見た。

マンションは意外にもアパートに近かった。比較的新しい裕福層向けのデザイナーズマンションで、屋根付きの駐車場があるのはこういうときやはり便利かもしれない。

車を降りると、外は暑かったのに雨が降っているからか屋内だからかひんやりとしている。衛士がチャイルドシートから茉奈を降ろして抱きかかえたが、起きる気配はなく熟睡していた。さらに衛士は荷物まで持とうとするので、それは私が引き受ける。

「寝ると意外と重いでしょ？」

一歩先を歩く衛士にからかい交じりに声をかける。

衛士は一度茉奈を抱え残して前を向いた。

「そうだな。でも未亜は、こうやって茉奈を抱えて荷物を持つのがあたり前だったんだろ」

しみじみとつぶやかれ、私は目を伏せがちになる。苦労させたと思っているんだろうか。下手なうしろめたさはいらないのに。

おとなしく衛士についていき、エレベーターに乗って部屋にたどり着いた。

広い玄関は人感センサーで明かりがつく。がらんとしてまるで物がなく驚いたのもつかの間、衛士はさっさと靴を脱ぐので私も慌てて続く。

「……おじゃま、します」

小さくつぶやくと衛士が茉奈を抱いたままこちらを振り向いた。

「気を使わなくていい。茉奈はこのまま寝かせてかまわないか？」

「うん。お願い」

衛士は寝室に足を運び、普段は衛士が使っているであろうベッドに茉奈を寝かせた。大きなベッドとの対比で、こうして見ると茉奈の小ささが際立つ。

衛士はエアコンのリモコンに手を伸ばし空調を調節すると、続けてそっと茉奈の頭をなでた。その表情は優しさで満ちあふれている。

「行こう。ドアは少し開けておくし、リビングはすぐそばだから」

「……うん」

少しだけうしろ髪を引かれつつ衛士に促され、私たちはリビングへ移動した。

テーブル、ソファ、壁かけテレビに本棚。モノトーンでまとめられた部屋は衛士の言葉通り必要最低限のものしかない。けれどこれ以上、増えそうな気配はあまりしなかった。モデルルームでさえ、もっと使用感というか娯楽品が置いてあるだろう。

広々さが逆に寒々しく感じる。

「コーヒーでいいか?」

「あ、お気遣いなく」

問いかけられ、キッチンに立つ衛士を見る。

「広いね」

なにげなくつぶやくと、コーヒーのセットをし終えた彼がゆっくりとこちらに近づいてきた。

「未亜。茉奈と一緒にここで暮らそう」

「え?」

たしかに彼からのプロポーズを受け入れたし、部屋数や広さからしてファミリータイプなのはあきらかだが、彼が引っ越したことさえ今日初めて聞いたのだ。

しかし衛士は真剣な面持ちで畳みかけてくる。

「ここなら茉奈の保育園や未亜の職場から近いだろ。叔父さん夫婦とも近いから会いに行きやすいし、遊びに来てもらってもいい」

「ちょ、ちょっと待て。そんな相談ひと言も……」

突然すぎる状況に頭がついていかない。結婚を承諾したが、入籍やこれからのことなどまだなにも決めていなかったはずだ。

「相談したら未亜はすんなり受け入れていたのか？」

混乱する私に衛士が聞いてくる。

「それは……わかんないけど」

「ほら」

どうして衛士の行動が正しいという流れになっているのか。不信感を滲ませた目で見つめたら、さすがに衛士も思うところがあるのか眉をしかめて頭をかいた。

「嫌なのか？」

「嫌って言ったらどうするの？」

すぐに答えられず質問で返す。

「戸建てを用意する」

「そういう話じゃないって！」

反射的にツッコんでしまった。ああ、もう。どこまで本気なのか。けれど私が冗談でも『戸建てじゃないと住まない』なんて言った日には、衛士は本当に一軒家を用意しそうだ。

「なら俺はこの広いマンションにひとりで暮らして、仕事終わりに足繁く未亜と茉奈のところに通うしかないな」

現に彼に対して申し訳ないと思っていた件を持ち出され言葉に詰まる。アパートへは衛士の職場、ラグエルジャパンの本社から結構な距離があるのだが、彼は仕事が終わってからうちによく顔を出してくれていた。茉奈が起きているときに少しでも会いたいと、急いでやって来ることもしばしばだ。

ここがアパートから近いということは、衛士の職場まで遠いのは変わらない。

そういう意味で衛士にとっては不便な状況にもかかわらず、私や茉奈の生活をあまり変えないようにと気遣ってくれたんだ。

「そ、そういう条件で持ちかけるのは卑怯だと思う」

「自覚はある。この状況なら未亜が無下にするわけないと思っていたから」

いけしゃあしゃあと返す衛士に私は脱力して肩を落とした。けれど、すぐさま思い直す。今日、彼と一緒に過ごして思った。茉奈も幸せそうで、私もひとりじゃないと心強かった。衛士と暮らすのは、家族で過ごすのはごく普通のことなのかもしれない。

「わかった。手続きの関係もあるし、すぐには無理だけれど、なるべく早く一緒に暮らせるように動くね」

私の返答にどこか衛士が安堵した表情になる。続けて彼に同意を求める形で言葉を紡ぐ。

「茉奈にとっても、両親揃っていた方がいいだろうしね」

おそらく衛士は『そうだな』と返すと思ったのに予想ははずれ、なんとも言えない神妙な面持ちになっている。

「……未亜は、今は泣いたりしないのか？」

「え？」

唐突な彼の問いかけについ聞き返す。

「車の中での話。付き合っているとき、未亜は泣くのをよく我慢していたから」

「それは……」

衛士に指摘され唇を噛みしめる。正確には泣かされていた。

父にお見合いを無理やり勧められ、結婚を急かされてはよくぶつかっていた。仕事も社長の娘だからと色眼鏡で見られないように必死で、それでもなにかと言ってくる人は一定数いる。

そんなストレスや痛みを笑顔でごまかしてやりすごしていたのに、どういうわけか衛士には見抜かれていた。

『どうした、未亜？』

彼のマンションを訪れ、のんびりふたりで過ごせると胸を弾ませていたら、突然衛士に尋ねられ、私は目を丸くした。

『なに？』

『そんな泣きそうな顔をして』

続けられた言葉に一瞬、硬直する。けれど私はすぐさま否定した。

『えっ？　してない。そんな顔してないよ。心配かけてごめん』

せっかく衛士と会えたのに暗い顔してた？　指摘されるほどあからさまな表情をしてる？　しっかりしないと。

両手で頬を押さえ、顔を見られないようようつむき気を取り直そうと躍起になる。

『未亜』

そこで衛士に名前を呼ばれ、おずおずと彼の方を向いた。衛士は押さえつけていた私の頬を労るように、優しく触れて私と視線を合わせる。

『我慢しなくていい。俺の前でまで無理に笑う必要はないんだ。未亜がいつもがんばっているのをちゃんとわかっているから』

彼の言葉に心が揺さぶられる。確信めいたやり取りはしていないのに、貼りつけていたなにかがいともたやすく崩れそうになる。

『あの、私……』

なにか言い返さないと、と思うのにうまく声にならない。それよりも違うものがあふれそうだ。

そんな私を見越してか、衛士は私を隠すように真正面から抱きしめた。

『大丈夫。そばにいるから』

優しい声と温もりに、視界が一気に滲む。泣くなんて久しぶりだ。まさか大好きな彼の前で泣くことになるなんて。

違う。衛士だから泣くことができた。頭や背中をなでる大きな手のひら、伝わる温もり。なにもかもが愛しくて手放したくない。

衛士は私が落ち着くまで抱きしめてくれていて、その後も泣いた理由を無理に聞き出そうとしなかった。

なにかを許された気がして、衛士には自分の弱いところをさらして素直に甘えられるようになった。ますます彼と離れがたくなるだけだったのに。

「これは、もう性分みたいなものだから。衛士と付き合っていたときが特別なの」

過去を思い出しつつ、極力明るい口調で白状する。

「我慢していた涙、衛士が全部見透かしちゃうんだもん」

「未亜は隠し事や嘘をつくのが下手だから」

あきれたような懐かしむ言い方に私は苦笑する。そういえば茉奈の存在が父によって彼に伝わったときも、とっさにごまかした私の嘘は彼にあっさりばれた。

「そういう衛士は隠し事も嘘をつくのもうまかったよね」

なにげなく言い返し、声にしてからしまったと思った。その証拠に私たちを包む空気に気まずさが走る。

「か、過去の話はおしまい。今のはどう考えても嫌みにしか聞こえない。私、ちょっと茉奈の様子を」

「未亜」

離れようとする私の腕を衛士がすばやく掴んだ。

「たしかに俺は、最初から未亜が杉井電産の社長の娘だって知っていて近づいた。名前もわざと偽っていた。でも未亜に惹かれた気持ちに嘘はない」

「いい。わかってるから」

聞きたくないと、突っぱねて拒絶の姿勢を取る。とっくに自分の中で折り合いはつけた。この結婚に納得もしている。だから今さらまた心が乱れるようなことはやめてほしい。

しかし衛士は腕の力を緩めず、それどころかもう片方の手を私の肩にのせて自分の方へ引き寄せた。珍しく本気で力を入れられ、逃げられない。

「言い訳はしない。未亜を傷つけたのは事実だ。でも、ちゃんと話しておきたい。聞いてほしいんだ」

切羽詰まった衛士の声に私は抵抗をやめた。けれど彼の顔は見られずうつむき気味になる。強く握られていた力がわずかに緩んだ。

「前にも話したけれど、杉井電産の技術をラグエルジャパンは、父は高く買っていた。そのために杉井電産に何度も交渉に向かわせたがずっと断られていて」

それは知っている。今思えば杉井電産にとってもいい話だったかもしれないが、当時の父は絶対に首を縦に振らなかった。

「それで……お父さんに言われて私に接触してきたの？」

「違う」

弱々しく尋ねると即座に否定される。

「父から杉井電産の社長に娘がいるのは聞いていたが、妙な指示はされていない。俺が興味があって未亜に声をかけたんだ」

「興味ってなに？　私を懐柔してラグエルジャパンの話に乗るよう父を説得しようとしたの？」

自分でも驚くほど冷たい声だった。途端に抑え込んでいた黒い靄（もや）が心の中を覆っていく。

嫌だ。傷つけるのも、傷つくのも。こんなやり取りを望んではいなかったのに。

「正直、そういった下心がなかったかと言えば嘘になる」

予想していた通りの答えだ。けれど、彼の口から直接伝えられるとやはり胸が痛む。

偶然の出会いだったとしてもずっと不思議だった。どうして見た目も中身も十分に素敵でそれなりに女性経験もありそうな衛士が、絵にしか興味がないような私に告白してきたのか。

私はなにも言わずきつく唇を噛みしめる。

「でも、未亜と話してふたりで会ううちに惹かれていった。……未亜は俺と似ていて正反対だったから」

　そこで私はようやく顔を上げる。目に映る衛士はつらそうで切なそうで、そんな彼は見たくないと思う一方で目が離せない。

「俺も幼い頃から、どこに行ってもラグエル日本法人の後継者だって言われて、勝手に将来を決めつけられて期待されていた。それがうっとうしくて留学した面もあったから、未亜があえて杉井電産の社長の娘だって口にしないのも、仕事の話をあまりしないのも痛いほどよくわかったよ」

　やっぱり衛士も社長子息として背負うものは大きかったらしい。偏見かもしれないが、彼は男性だから周囲のプレッシャーや決めつけは私以上だったのかもしれない。

　衛士はくしゃりと前髪をかいた。彼の艶やかな黒髪が指の間をすべる。

「だからって、嘘をついていい理由にはならないよな。ただ朝霧なんて名字はわりと珍しいから、名乗ればすぐにこちらの正体に気づくと思った。そうなったら未亜にとって俺はただの朝霧衛士じゃなくて〝ラグエルジャパンの社長の息子〟だって認識されるだろうから」

　それは否定できない。きっと父の手前もあって、衛士の素性を知ったら極力関わらないようにしていただろう。

衛士はぎこちなく私の頭に手を伸ばしてそっと触れる。

「もっと早くに言えばよかった。話すべきだったんだ。けれど未亜を好きになればなるほど、自分の正体を伝えるのが怖かった。俺には時間がなかったのに」

そこで思い出す、衛士はたしかアメリカにまた留学する予定だった。そして――。

「……衛士は、別の女性と結婚する予定だったんじゃないの？」

車の中で聞けなかった疑問をおそるおそる口にする。すると衛士は大きく目を見開いた。

「そんな情報、どこで？」

そこで私は、衛士がラグエルジャパンの社長令息だと知った経緯を話していなかったことに気づく。衛士に呼び出されて会いに行く前に、父の部屋で専門誌を見た旨を話した。父から衛士が結婚する話があると聞いたことも。

すると衛士は眉間にしわを寄せ、不機嫌そうに息を吐く。ひしひしと彼の苛立ちが伝わってきて、少し身をすくめる。

「俺は、あんな雑誌に載ることは知らなかったんだ。写真だって勝手に使われて。記者がラグエルジャパンに取材に来たとき、対応した広報担当者が後継者だって俺の話をして、父親の独断で記事にするのを許したらしいが……」

「でも、婚約者がいるって」

こわごわと口を挟むと、衛士は苦虫を噛みつぶしたような顔になる。

「そんな存在はいない。あまりにも俺が結婚に消極的だから、父親同士が知り合いで家族ぐるみで付き合いのある幼なじみと結婚させようなんて話もあったらしいが、俺にはまったくそんな気持ちはなかった」

ここまで嫌悪感をあらわにして強く言いきる衛士は珍しい。でも婚約者の存在を否定されてホッとしている自分もいる。

衛士は我に返ったように、再び私を真っすぐに見つめてきた。

「あのとき未亜に全部話して、結婚を申し込むつもりだった。アメリカ行きは決まっていたけれど、未亜についてきてもらうか、それが難しいなら俺が戻るまで待っていてほしいと伝えたかった」

信じられないと言うのは簡単だ。そんなの今さらだって。でも怖いくらい真剣な衛士の面持ちから、彼の本気が伝わってくる。

「私は……杉井電産の社長の娘なのに？」

おそらく当時の父には大反対された。無理やり引き裂かれる可能性だってある。私も衛士の正体を知ってそれでも素直に結婚や彼を受け入れられたのかと思えば、なんとも言えない。

「そうだな。きっと杉井社長は納得しないだろうし、未亜は父親と俺との板挟みでつらい思いをしたと思う」

衛士の予想は間違っていない。おそらく衛士と結婚したいと伝えたら、父は激怒して杉井電産か彼かの選択を迫っただろう。それこそ親子の縁を切ると勘当を言い渡されることも免れられなかった。父にしてみれば私が衛士と結婚することは大きな裏切りだろうから。

それらをわかった上で、私は彼のプロポーズを受け入れたのかな。

「だから、自分の想いを伝えたら未亜を苦しめるんじゃないかと悩んだときもあった。このまま〝高野衛士〟として未亜の前から姿を消すのが一番なんじゃないかって」

「そんなっ」

反射的に声をあげる。衛士がそこまで考えていたなんて思ってもみなかった。

衛士の正体を知ったときは、嘘をつかれていたこと、彼の隠していた素性に裏切られた気持ちが強くて苦しかった。

一方で、すべてを知っている衛士は衛士なりに考えることが多かったのかもしれない。

私、自分のことばっかりだった？

ズキズキと今度は違う痛みが胸を襲う。

そこで衛士は頭に触れていた手を私の頬に移動させた。瞬間、指先がひんやりとしていることに驚く。彼の緊張が伝わってきて私も身を硬くした。

「そんな迷いが積み重なって、未亜を傷つけて最悪な形で失ったんだ」

痛みをこらえるかのような表情に胸が締めつけられる。私たちは今、お互いにどんな顔をしているんだろう。あふれ返りそうな感情がなにかの言葉になって口をついて出そうになる。ところがその前に彼に強く抱きしめられた。

「どれも言い訳にしか聞こえないかもしれない。でも出会ったときからずっと俺は未亜に惹かれていた。未亜が杉井電産の社長の娘とか関係なく、未亜自身が好きだと思った」

耳もとに届く声には必死さが滲んでいて、回された腕の力は意志の強さに比例している気がした。息が詰まりそう。でもこのまま離してほしくない。

「離れても忘れられなくて、死ぬほど後悔して、会いたくてどうしようもなかった」

「……私も」

小さく漏れた声は衛士に届いたらしい。微かに衛士が身じろぎしこちらをうかがおうとする。私は一度言葉をのみ込み、目線を上げた。

「うん。ありがとう。衛士の気持ちはすごくよくわかったよ。私の方こそごめんね。一方的に衛士を責めて、関係を断ちきって」

そればかりか妊娠さえ知らせなかった。知らせるつもりもなかった。衛士と向き合わずに逃げ出してしまった。

私だって悪いところはたくさんあったから……。

「これからは茉奈の両親としてお互いに」

「未亜、嘘をつくな」

笑顔を向けて衛士に答えようとしたら唐突に言いきられ、目を見張った。意味が理解できないのに、あまりにも衛士が表情を緩めずきっぱりと言い放ったので、いくらか心が揺れる。

「嘘なんて」

「ついている、わかるよ」

このやり取りには覚えがある。茉奈の存在を彼に白状したときと同じだ。あのときも彼はこうやって断言した。

衛士が私の頬に手を添え、微かに笑う。

「未亜は俺と再会してから、ずっと泣くのをこらえた顔をしている」

そう言った衛士の方が今にも泣きだしそうで、今度こそ私は動揺が隠せない。

「そ、そんなこと」

「未亜」

衛士が静かに名前を呼び、視線も意識も彼にしっかりと向けさせられる。

「未亜は俺と別れてから、ひとりで立ち上がろうとしたんだろ。泣くのを我慢して、痛いって口にも出さずに」

『泣かないのが、偉いわけじゃない。そんなふうに言ったら痛いって言えなくなっちゃうよ』

さっきの水族館での自分の発言が頭をよぎる。

あれは茉奈に対してだった。でも本当は——。

「平気、だよ。今までもそうやって立ち直ってきたから。衛士にも事情があるんだってわかっていたから、だから……」

おなかに力を入れてたどたどしく返したが、それ以上は声にならない。唇を真一文字に結んで込み上げそうになるものを懸命に抑え込む。

衛士に出会って私は弱くなった気がする。優しく泣かせてくれる彼に癒やされて、かけがえのない存在になっていった。そのぶん、なくしたときの喪失感は言い知れないものになる。母を亡くしたときにも思い知ったのに。

『大丈夫、私は大丈夫』

痛みをごまかして、心の中でうずくまっている自分に必死で言い聞かせる。

私自身で折り合いをつけて立ち上がるしかない。ずっとそうやってきたんだからできるはずだ。

妊娠がわかったときも、茉奈が生まれてからもなんとか乗り越えてきた。

それなのに、また衛士が目の前に現れて……。

彼に対して物わかりがいいふりをして、常にどこかで一線を引いていたのは事実だ。

そうしないと壊れてしまいそうだった。怖かった。

だって、もしもまた衛士に気持ちを傾けて、空回りに終わったら……今度こそ私はひとりで起き上がれない。

「本当はまだ、立ち上がれていないんじゃないか？」

衛士の指摘に目を見張る。頬に添えられていた彼の手がすべり、親指がそっと私の目もとをなぞる。その温もりに目の奥が熱くなり視界が一気に滲んだ。

「き……らい。……衛士なんて……嫌い」

目尻からとめどなく涙があふれてくる。顔を背けたいのに彼の手がそれを阻んで、自分ではどうすることもできず、同時に胸の奥に固く蓋をしてしまっていた感情が口をついて出る。

「嘘、つき。……嫌い。衛士の、ばか」

発した自分の声が頭の中でくぐもって響く。

なにを今さら、言っているの？　涙しながらこんな子どもじみた言い方で相手を責めて。そんなことをしてもなにも変わらないのに。

ましてや彼とは茉奈の両親として付き合っていかないとならない。

もうひとりの冷静な私が訴えてかけてくるが、堰を切ったように湧き上がる思いが止められない。

「ん……悪かった」

とめどない私の涙を拭いながら衛士が神妙な面持ちで告げた。しまったと思いつつ彼の顔はどこか安堵めいたものでもあって、おかげで私もそのまま続ける。

「びっくり、した。ラグエルジャパンの社長子息なんて思いもしなくて、婚約者までいるって聞いて……」

あまりにも衝撃的な事実に、父の言葉も相まってなにも信じられなくなった。

嘘をつかれていた、騙されていたんだという気持ちが先走って苦しかった。

「全部、否定された気がしたの。私と過ごした衛士は偽物で、本当の衛士じゃないんだって。衛士の気持ちさえ……」

嗚咽交じりに訴えかけ、言葉が続かない。代わりに涙があふれて胸が詰まる。

「そうだな、未亜がそう感じるのも無理はなかった」

衛士は否定せず、子どもの話を聞くみたいに私の言い分を肯定する。彼のその態度がますます私の涙腺を緩ませていった。

「……私だけが好きだったの」

「それは違う」

独り言にも似たつぶやきは切羽詰まった声で即座に否定された。何度も瞬きをして焦点を衛士に合わせると、切なそうに顔をゆがめる彼が目に映る。

「違うんだ、未亜。でも、そんなふうに思わせる行動を俺が取ったのは事実だ。……たくさん、未亜を傷つけた」

『未亜、悪かった。たくさん傷つけて』

『未亜を傷つけたのに、勝手なことばかり言って』

再会してから繰り返し聞いた彼の言葉を、今初めて素直に受け取った。

「うん……うん。私……悲しくて、つらかった」

衛士に対してではなく自分への言葉だった。

痛くないと言い聞かせて、傷ついている状態を見て見ぬふりをしてやり過ごしていた。でも衛士の言う通り、彼と別れたときから立ち上がれずにいる自分もいた。それをこうやってまた衛士本人に見抜かれて、弱さをさらすはめになるなんて。

目にたまる涙は熱いのに、流れ出すと冷たくて戸惑う。泣くなんて久しぶりだ。

遠慮なく衛士の手を濡らしているが、彼はどう感じているんだろう。

ちらりと上目遣いに衛士をうかがうと、慎重に顔を近づけられる。

「ごめん。それでも俺は未亜を愛している……愛しているんだ」

彼の目に葛藤はあっても迷いはない。どこまでも強引で、ずるくて甘い。昔からそうだ。

「衛士なんて嫌い」

いささか軽い口調で告げると、衛士は目を細める。

「いいよ。また好きになってもらう」

さっきまでと打って変わって余裕のある言い方につい反抗心が芽生える。

「もう結婚しない」

ついに彼が困惑気味に笑った。私の涙もいつの間にか止まっている。

「なんでうれしそうなの？」

そう言った私自身、不思議な気持ちだった。私が衛士に放った言葉はけっして褒められるものではなく、彼を責めて傷つける内容でもあった。

それなのに、なぜか心が軽くなって衛士に向けて張っていた予防線も溶けて消えている。衛士は優しく涙の跡を拭って私の頬をなでた。

「やっと未亜の本音をぶつけてもらえたから。別れたときも再会してからも未亜は俺を責めなかっただろ？　未亜がひとりで抱え込んで強がる性格なのをわかっていたはずなのに、ちゃんと話せないまま離れたことをずっと後悔していた」

私は彼から視線を逸らし、ぎこちなく目線を落とす。

「それは……私が衛士からの連絡を全部断ったから」

衛士だけが悪いわけじゃない。私もあのとき彼と向き合う勇気が持てなかった。あんなに大好きで一緒にいたにもかかわらず、衛士を信じられなかった。

自分を守るためとはいえ、必要以上にかたくなだったと当時の記憶がよみがえる。

「もう俺には未亜のそばにいる資格はないと思っていた」

衛士のつぶやきに私は再び彼の方を向く。その顔には自嘲的な笑みが浮かんでいた。

「未亜になんとか謝りたくて話を聞いてほしかったけれど、それは全部俺の自己満足だって気づいたんだ。未亜に拒絶されて、未亜の前から消えるのが俺に唯一できることだと自分に言い聞かせた」

衛士はやはり私と別れてから早い段階でアメリカに戻ったらしい。彼が私をあきらめたんじゃなくて、私があきらめさせたんだ。

衛士にとってもわだかまりを残させたことに少なからず責任を感じていると、衛士はなだめるように私の頭に手を置いた。

「けれど、ずっと未亜を忘れられなくて、帰国したらますます会いたい衝動が抑えられなかった。ほかの男と幸せにしている未亜を見たらあきらめられるとさえ思ったよ。そこに杉井社長から連絡があったんだ」

「そう……だったんだ」

事の成り行きを聞いてやっと納得する。ラグエルジャパンの後継者として衛士が帰国したことを、父は先に関係者から聞いて知っていたんだ。

「茉奈のことは正直、驚いた」

衛士の話に思考を切り替える。まさか別れた恋人と自分との間に子どもがいるなんて思いもしなかっただろう。

とっさに謝罪の言葉が口をついて出そうになったが、その前に彼がおでこをこつんと重ねてきた。

「ありがとう、未亜。俺との子どもをひとりで大事に育ててくれて」

穏やかに、うれしそうに告げる衛士に胸の奥が熱くなる。

「私ね、衛士のことを必死で忘れようとしたのに、忘れられなくて……それから妊娠がわかって、すごく戸惑った。不安だった」

さっきまでのとは違う、温かい気持ちに満たされて、素直な気持ちを口にできる。しゃべるたびに涙があふれそうなのを必死にこらえて私は言葉を紡ぐ。

「でも、生まない選択肢はなかったよ。大好きな……私が人生で一番愛した人との子どもだから」

きっとこれからも衛士以上に好きになれる人は現れない。だから、ほかの人とならば割りきって結婚するしかないと思っていた。けれど――。

「本当は私もずっと会いたかった。茉奈の中に衛士の面影を見つけるたびに切なくて、苦しかった」

子育てする中で、ここに彼がいてくれたらって何度思ったか。茉奈のためだけじゃない。私がそばにいてほしかった。

叶わない夢を見ては打ち消して、自分を奮い立たせていた。

でも、いいのかな？　また衛士を信じても。自分の気持ちに正直になっても……。

今度こそ私はしっかりと衛士と目を合わせてはっきりと伝える。

「素直になれなくてごめんね。私も大好きだから、茉奈と一緒に衛士にずっとそばにいてほしい」

最後は声が詰まってうまく言えなかった。次の瞬間、衛士に抱き寄せられ彼の胸に収まる。

「もう二度と離さない。誰よりも幸せにする。未亜も茉奈も俺が守っていくから」

ようやく彼の背中にためらいなく腕を回して応えられた。

衛士の体温や心音が伝わってきて安心して身を委ねる。やっとありのままの自分でいられていることに気づいた。

不意に衛士が腕の力を緩め、そっと額に口づけを落とされる。

驚きで彼の方を見ると、視線が交わり顔を近づけられる。目を閉じたら予想通り唇を重ねられた。

「……好き」

「本当に？」

唇が離れるのと同時につぶやいた内容に、衛士が食いついた。

私は素直にうなずく。

「うん」

「もう一度」

まさか言い直しを求められるとは思わなかったので、目をぱちくりさせる。衛士は不敵に口角を上げ、焦らすように私の唇を親指の腹でなぞった。

「せめて嫌いって言われた回数よりは多く言ってもらわないと」

衛士の指摘に肩を縮めた。当時の心境とはいえ彼にさんざん嫌いと告げてしまった。一回や二回ではなく何度も。

「あれは……」

言い訳しようとしたら衛士は、今度は私の唇に人さし指をあて、静かに制する。

「わかっている。でも未亜の今の確かな気持ちを聞きたいんだ」

切なそうな面持ちの彼に心が突き動かされ、気づけば自分から衛士にキスをしていた。

「好き」

勢いで唇を押しあてるだけの口づけの後、衛士の首に腕を回し再度身を寄せる。

「大好き」

無意識に募らせていた衛士への想いを私自身やっと自覚して言葉にできた。あふれんばかりの気持ちをどうすれば本人に伝えられるのか、自分でもよくわからない。

「ん、俺も好きだよ」

穏やかに答えられ、どちらからともなく唇を重ねる。幾度となく角度を変えて口づけを交わしていくうちにゆるゆると体の力が抜けていった。そのタイミングで衛士から舌を差し込まれ、ぎこちなく受け入れる。

「ふっ……ん」

すぐに舌をからめとられ、より深く求められる。生き物のように巧みに動く彼の舌が口内を刺激していく。

「んっ……」

鼻に抜けるような甘ったるい声が自然と漏れた。気にする余裕などなくキスに溺れていく。無意識に衛士にしがみつく手に力を入れると、彼は落ち着かせるように私の頭をなでてくれた。こういうところは昔と同じだ。

心の奥がじんわりと温かい。

その間も衛士は器用にキスを続けていく。舌先で歯列や頬の内側まで刺激され、慣れない快楽にびくりと体が震える。

「んっ、んん……はっ」

息をするタイミングが掴めない。初めてキスするわけでもないのに、鼓動が速く胸がつぶれそうだ。

「未亜」

キスの合間に切なさの交じる低い声で名前を呼ばれ、私もなにか返したいのに唇を塞がれ声にならない。

いつの間にか頬に手を添えられ、もう片方の手は腰に回されている。腕の力が強くて、彼に支えられつつ逆に離れることを許されなかった。

「ん……もぅ……んん」

そろそろ終わらせようと訴えかけようとしたが、衛士は止まってくれない。

完全に衛士のペースだ。でも嫌な気持ちはひとつもなくて、脳も肺も酸素不足に陥る。吐息と唾液が混ざり合い、頭がくらくらして思考力が奪われていく。

そっと唇が離れ解放された瞬間、彼と目が合い言い知れぬ恥ずかしさで体に力が入らず、隠すように衛士の胸に顔をうずめた。キスを終えてからの方が、脈拍が速くなり体温も上昇していく気がするのは意識の問題だろうか。

肩で息をしながら呼吸を整えようと躍起になるがうまくいかない。

「素直な未亜があまりにもかわいいから、歯止めがきかなかった」

降ってくる衛士の声から彼が苦笑しているのがなんとなく伝わってくる。私の頭をなでている大きな手のひらの感触が心地いい。

おずおずと顔を上げると、予想通りの衛士の表情があった。ホッとしたのもつかの間、額にキスを落とされ、彼は真剣な面持ちになった。

「もっと未亜に触れたい」

とっさに意味が理解できず、目を瞬かせる。続けて彼は私の首もとに軽く口づけた。一瞬で肌に鳥肌が立ち、思わず体をすくめる。衛士の手はゆるゆると服越しではあるが私の体に触れ始めた。

「あっ」

頭や頬に触れられるのとはまた違い、私の中で燻(くすぶ)る欲を煽(あお)るような触り方だった。腰や背中、うなじに彼の手がすべらされ、緩急をつけて刺激を与えられていく。

「衛、士」

名前を呼んで制止しようとするも本気で拒めない。でもここで彼を受け入れていいのかと葛藤もある。じっくりと背中側をなでていた手が前側に伸ばされ、反射的に身を硬くした。それをほぐすかのように耳に唇を寄せられ甘くささやかれる。

「好きだよ」

このタイミングでその発言はずるい。物申したいのに耳たぶを甘噛みされ、それどころではなくなる。

「ん」

「かわいい」

余裕たっぷりにささやかれる間も衛士の手は私に触れ続けている。彼の手が脇腹から胸もとに移り私も観念しようかとしたところで、なにかが聞こえた。

それは衛士も同じだったらしい。ふたりの動きがほぼ同時に止まり、音に集中する。続けて小さな声が聞こえ、私は慌てて衛士の腕をすり抜けた。

廊下に出ると声は確かなものになり、寝室のドアを開けるとベッドの上でちょこんと座っている茉奈の姿があった。

「ま、まー」

私を探して呼んでいたらしいが、どうやらまだ寝ぼけている。これがしばらくすると、そばに私がいないと気づき火がついたように泣き始めるから助かった。

「茉奈、起きた？」

癖のある髪はあちこちぴょんっと跳ねて、まだ目はとろんとしている。茉奈は慌てて立ち上がり、バランスを取りながらベッドの端までたどたどしく歩いてきた。

ぎゅっと抱きついてくる茉奈を受け止める形で私も抱きしめ返す。寝起きだからか体温が高い。そして乱れっぱなしの心を整える。

茉奈がいるのに、しっかりしないと。

もっと触れてほしかったと残念がっている自分を内心で叱責した。けれど衛士とのキスや体に添わされた彼の手の感触が、大きな余韻となってなかなか消えない。

ひとまず茉奈のおむつを替え、水分を補給させた後、リビングへと戻った。妙に緊張してしまうのは仕方ない。

「起きたか？」

ソファに座り声をかけてきた衛士はすっかりいつもの調子で、意識していた自分が恥ずかしくなる。

「うん。ありがとう。ある程度寝てすっきりしたみたい」

「ねー」

茉奈が笑顔で相づちらしきものを打つ。本当にどこまでわかっているのか。

窓の外に視線をやるといつの間にか雨もやんでいた。

「未亜」

「なに？」

そろそろ帰る旨を衛士に伝えようとしたら先に名前を呼ばれる。尋ね返すと、衛士はどういうわけか神妙な面持ちになった。

「茉奈も一緒にこちらへ」

そう言ってソファの方へと促され、私は茉奈を抱っこしたままおもむろに近づき、衛士の隣に腰を落とした。

「どうしたの？」

「もっと早くに渡そうと思っていたんだ」

そう言いながら、彼はリボンがかかっている手のひらサイズの小さな正方形の箱を差し出してきた。私が茉奈を抱っこしているのもあってか、衛士は慎重にその箱を開け、中身を取り出す。重厚な黒の指輪ケースが出てきて私は目を見張った。

中からは大きなひと粒ダイヤモンドが輝くプラチナの指輪が姿を覗かせた。

「未亜。茉奈も一緒にずっと俺が守っていく。二度と未亜を悲しませるような真似はしない。ふたりとも絶対に幸せにしてみせるから、もう一度俺を選んでくれないか？」

そこで一度言葉を区切り、衛士は真っすぐな眼差しを私に向けてきた。

「俺と結婚してほしい。未亜を愛しているんだ」

彼の言葉が胸の奥に染みて、息が詰まりそうになる。すぐに声にならない。茉奈は眩い光を放つ指輪が気になるらしく、身を乗り出して触ろうとしている。それを制しながら私は笑った。

「私も衛士にそばにいてほしい。こんな私だけれど……これからはずっと一緒にいてください」

かしこまってきちんと返事をするつもりが、最後は声がよれよれになってしまった。目の奥がじんわりと熱くなり、込み上げてくる想いが胸を締めつける。

「もちろん。未亜が離してほしいと言っても絶対に手放さない」

衛士の笑顔に私も笑う。彼はケースから指輪を取り出すと、茉奈を抱っこしている私の左手を慎重に取った。

「茉奈、いい子にな」

衛士に優しく言われ理解したのか、茉奈は手を伸ばさずお行儀よく私の膝に座って指輪を目で追っている。

薬指に金属の冷たい感触があり、彼の手によってキラキラと輝く指輪がゆっくりと私の指に収められた。左手の薬指に指輪をはめるのは初めてだ。

しかも代物が代物なので妙に落ち着かない。でもまじまじと見つめていると、衛士と結婚するという事実がしっかりと形になっている気がして心が温かくなった。

「ありがとう。普段使いは難しいかもしれないけれど大事にするね」

このダイヤモンドの大きさや輝きからして、それ相応のものなのは簡単に予測できる。普段使いをするにはおそらくためらう値段だ。なにより茉奈が触ったり逆に茉奈を傷つけてしまうかもしれないという思いもあった。

「実はこれ、二年前に未亜に渡そうと思って用意していたんだ」

「えっ？」

突然告げられた事実に私は目を丸くした。

「新調するべきか悩んだ。あのときの想いを受け取ってほしいのもあったんだが……失敗したな」

「な、なんで⁉　失敗なんてそんな」

衛士の結論にさらに驚く。私がなにかまずいことをしてしまったのだろうかとあたふたしていると、衛士が先を続ける。

「茉奈がいることを考えたら、もっと普段使いできるデザインのものを選べばよかったな」

「そんなことないよ。私、この指輪でうれしい」

苦々しく笑う衛士に即座に返した。今度は彼が虚をつかれた顔になる。私は改めて左手の薬指に光るエンゲージリングを見つめた。

衛士は本気で私との結婚を考えていてくれたんだ。あのときからずっと変わらずに。

「……ありがとう。私をあきらめないでいてくれて」

あんな別れ方をしたのに、ずっと想い続けてくれた衛士には感謝しかない。こうして行動して私に会いに来てくれなければ、彼と人生が交わることはなかった。再会してからもずっと私の気持ちに寄り添おうとしてくれていた。

「私もずっと衛士が大好きだよ」

すると衛士がこちらに身を乗り出し、私の肩に手を置いて唇を重ねてきた。茉奈を抱っこしたままの状態だったので驚きが隠せない。

「なっ」

唇はすぐに離れたが、茉奈のいる前だという恥ずかしさに動揺してしまう。対する衛士は幸せそうな顔をしていて、おかげで私は言おうとしていた文句を引っ込めた。

茉奈はなにが起こったのかわかっていないようで、相変わらず指輪に意識が向いている。

「綺麗(きれい)だね、茉奈」

「れーね」

心なしか茉奈もうれしそうだ。もうしばらくつけたままでいいかな？

「未亜、今度必要な家具を一緒に見に行こう。茉奈の成長や安全を考えたらどれがいいのか検討する必要があるだろうし、未亜の好みもあるだろ」

「あ、うん」

ここに引っ越してくる話を振られ、私はうなずく。

もしかしてこの家に必要最低限のものしかないのは、私の意見を聞いてから家具を揃えるためだったの？

その結論に至ると、殺風景だと思っていた部屋の印象が変わってくる。

「未亜は飾りたい絵があるんじゃないか？」

おかしそうに尋ねられたが私は笑って返せなかった。私が思うよりもずっと、衛士は私と茉奈のことを考えていてくれたんだ。

「どうした？」

「なんでもない。茉奈、急に広い家になっちゃうから喜ぶだろうなって」

やっと笑顔で返す。今のアパートが悪いわけではないが、元気がありあまっている茉奈にはやはり広いところがいいのかもしれない。

「なんなら今日からでも住んでもらってかまわない」

衛士の切り返しに苦笑する。気持ちはありがたいが、そういうわけにもいかない。なにも準備していないので泊まることさえ難しそうだ。

茉奈はすっかり目が覚めたらしく私の腕の中からすり抜け、そこらへんを物珍しそうにちょこちょこ歩き回っている。

「ありがとう、でも帰らないと」

「帰したくないな」

口調は軽かったが、衛士の顔がどことなく寂しそうに感じた。

「じゃあ、衛士がアパートに泊まりに来る？」

ほぼ口をついて出た提案だった。意外だったのか衛士は目を丸くしたが、すぐに口角を上げた。

「魅力的な提案だな」

私だって衛士と離れがたいのは一緒だ。茉奈もきっと同じだと思う。さりげなく衛士が私の頬に触れ、口づけてきた。

「な、なんか急に遠慮がなくなってきた気がするのは私の気のせい？」

「これでも抑えている方なんだ。やっと未亜を手に入れたんだから、これからじっくり愛させてもらう」

恥ずかしさをごまかすために冗談交じりで問いかけたら、とんでもない回答が返ってきた。

「ちなみに、夫婦のベッドはひとつでかまわないよな？」

不敵な笑みを浮かべたまま当然と言わんばかりに今度は衛士から聞いてきた。ここで素直に『いいよ』とうなずくのも悔しくて、私はわざと質問に質問で返す。

「別々にしてほしいって言ったら？」

「えーし」

そこで茉奈が衛士の足もとにしがみついてきた。こうして衛士と並ぶと茉奈の小ささが際立つ。衛士は茉奈をすばやく抱き上げた。

「茉奈、今日はお父さんも一緒に茉奈のところで泊まっていいか？」

「いい！」

手を上げて返事をする茉奈に衛士が笑いかける。視界が高くなり茉奈はご機嫌だ。

そんなふたりの様子を微笑ましく眺めていると、不意に衛士がこちらを向いた。

「未亜」

衛士の顔には茉奈に向けたものとは別で、意地悪そうな笑みが浮かんでいる。

「ベッドの件は要話し合いだな。茉奈が寝た後、ふたりのときに」

それは、どんなふうに話し合うんだろう。

その疑問は口には出さず、私は幸せを噛みしめながら衛士と茉奈のそばに歩み寄った。

第五章　雨夜の月に手を伸ばした結果

八月に入り太陽がさんさんと降り注ぐ中、セミがあちこちで存在を主張している。

日曜日、私は緊張で無表情になりそうな顔に笑みを貼りつけ、茉奈と出かける支度をしていた。

「茉奈、かわいいからこれ着よう」

「やー」

朝から茉奈の機嫌は最悪で、用意していたワンピースを着たがらない。

「ほら、もうすぐお父さんが迎えに来るよ？」

「やー」

だめだ、これは。なんだかいつになく心が折れそうだ。

事の発端は水族館の一件の後、衛士がアパートに初めて泊まった翌朝にさかのぼる。

この日の朝食はパンケーキにハムエッグとフルーツという内容だった。このメニューは母が生きていた頃によく登場した。パンケーキのレシピは母から譲り受けたもので、必要最低限の材料しか使わないシンプルなものだ。ベーキングパウダーを入れないので膨らみがなく甘さもない。だから、逆になににでも合わせやすい。

衛士は『懐かしいな』と言いつつ食卓に着いた。付き合っていた頃、衛士の家で振る舞ったらかなり驚かれたのを思い出す。けれど、それから幾度となくリクエストされた。私はお気に入りのメーカーのメープルシロップを少しかけるのが好きだった。

『未亜と茉奈を両親に紹介したいんだ』

にんじんのすりおろしを加えたパンケーキを頬張る茉奈に、水を与えようとしていたタイミングだった。

結婚するなら両親への挨拶は必須だ。衛士は父にきちんと挨拶と結婚の報告をしてくれたし、むしろ私の方が動くのが遅すぎたくらいだ。

『そうだね、いつがいい？』

慌てて返したものの、私の心の奥にはずっしりとした重いものが陣取っていく。

おそるおそる問いかける。衛士の両親にしたら、私は息子の子どもを妊娠したのにそれをいっさい知らせず出産してひとりで育てていたんだ。勝手な行動を取ったと責められてもしょうがない。

『茉奈のことは……ご両親はなんて？』

衛士は私が淹れた紅茶のカップを一度ソーサーに戻した。

『驚いてはいたが、会いたがっている。茉奈にはもちろん、未亜にも』

それをどこまで素直に受け取っていいのか。衛士はラグエルジャパンの後継者で、私みたいにそれなりの結婚話だってあったはずだ。

帰国して正式な後継者としてこれからというときに現れた私たちを、結婚相手と彼の娘として受け入れてもらえるのだろうか。

『……茉奈のＤＮＡ鑑定とか必要かな？』

『必要ない。茉奈は俺の娘だよ』

衛士はわずかに怒った顔になる。失礼だったかと悔やむと衛士は軽く息を吐いた。

『未亜が不安がるのも無理はない。でも両親ともに未亜と茉奈を快く迎え入れるつもりだよ』

『うん』

衛士を信じる。なにより茉奈にとっては祖父母にあたる人たちだ。私の母は亡くなっているから、茉奈にとって衛士のお母さんは唯一の祖母になる。

たくさんの人に愛されてほしい気持ちは変わらない。こうしてあっという間に段取りが整って、私と茉奈は衛士の実家を訪れることになった。

今日の私の格好はあまり派手さはなく清潔感を第一に、シフォン生地のホワイトイエローのワンピースを選んだ。プリーツのスカートがエレガントさもあってかわいらしい。髪はひとまとめにして、手土産も用意した。しかし、さっきから茉奈のご機嫌が斜めなのだ。おそらく寝起きがよくなかったのだろう。

用意したちょっとおしゃれなワンピースはお気に召さないらしい。昨日、夜中に珍しく何度も起きたのもあるのかもしれない。

午後は茉奈の昼寝の時間もあるだろうからと、衛士が気を使って午前中に実家を訪れる話でまとめてくれている。それが裏目に出たのか、とにかく時間がない。

気持ちだけが逸る。そのときインターホンが鳴り、私が反応する前に茉奈が玄関に駆けていった。

余裕を持って迎えに来てくれた衛士の顔を見た途端、茉奈の表情が一転して笑顔になる。

「おはよう、茉奈。どうした、着替え途中か？」

「はよ」

いつもの調子で抱っこされ、うれしそうにする茉奈に胸をなで下ろす。

「ちょっと機嫌が悪かったんだけれど、衛士に会ってよくなったみたい」

苦笑して茉奈がまだ着替えられていない事情も合わせて説明する。

衛士はこつんと茉奈の額におでこを重ねた。

「茉奈、あまりお母さんを困らせないでくれよ。今日は茉奈のおじいちゃんとおばあちゃんに会いに行くから」

「ん？」

茉奈はわけがわからずに首をかしげている。そのまま衛士が私の方を向いた。

「茉奈は俺が着替えさせておくから、未亜は自分の支度をしておいで」

「ありがとう、お願い」

衛士に茉奈を託して私は化粧と髪形を仕上げる。といってももともとナチュラルメイク派なので、あまり気合いが入った化粧はできない。髪も軽くまとめ上げるのが精いっぱいだ。

それにしても大人がふたりいるだけでこんなに楽になるなんて。ゆっくり化粧台の前に立つのは久しぶりだった。

もちろん衛士が率先して茉奈をよく見てくれるのもある。リビングからは衛士と茉奈の楽しそうな声が響いていて、それを聞きながら鏡の前で最後のチェックをする。

どこもおかしくないよね？

茉奈の準備は先にしているので、これで出発できる。そこである考えが私の頭をよぎった。

「衛士」

リビングにいる衛士に声をかける。茉奈は衛士が着替えさせたらしく、ややセミフォーマルなデザインの淡いピンク色のワンピースをきちんと着ていた。その姿を確認し質問を続ける。

「婚約指輪はつけた方がいい？」

私の問いかけに、ソファに座って茉奈に絵本を読んでいた衛士が目を瞬かせた。

「やっぱり初めてご両親にご挨拶に行くのに変かな？」

まだ結婚を認めたわけじゃないと気分を害されても申し訳ないし、反対に衛士に対して結婚するのに指輪も贈っていないのかと思われても困る。

正しい順番がわからない。そもそも先に子どもがいる時点で順序もなにもないんだけれど。

「両親には未亜に結婚を承諾してもらっていることも話しているから、つけてくれるなら俺はうれしいよ」

「わかった。じゃあ、つけるね」

彼の返答を受け、私はリビングの大事なものをしまってあるチェストの引き出しを開け婚約指輪を取り出す。もらったときと同じく、指輪ケースをさらに箱に入れた状態で保管してあった。

箱から指輪ケースを慎重に取り出す。中身がわかっていても、重厚な黒のケースを開けるのはドキドキしてしまう。

「未亜」

「なに？」

ところが衛士に出鼻をくじかれ、彼に意識を向ける。衛士は笑顔で小さく手招きをした。

「おいで」

茉奈を膝に抱っこしている状態の彼のもとに指輪ケースを持ったまま近づく。すると彼は手招きしていた手を上向きにした。

「どうしたの？」

「貸して」

目的語がなくても、それがなにを指しているのかは伝わった。訝しがりながら彼に指輪ケースを渡す。すると衛士は私とは違いなんのためらいもなく指輪を取り出して、今度は私の左手を差し出すよう促す。

「わ、わざわざはめてくれなくても……」

衛士の思惑に気づき戸惑うが、彼はなに食わぬ顔だ。

「何度でもはめるさ。俺だけの特権だ」

また彼の手によって、私の左手の薬指にまぶしく輝く婚約指輪がはめられた。衛士は満足そうに私の手を見つめ、そっと指先に口づけを落とす。

その仕草があまりにも絵になっていてつい見惚れてしまった。茉奈も衛士の膝の上で興味深そうに目で追いながらおとなしくしている。この前とは見ている世界が違い、指輪をはめられる側からはめる側となり興味深いのかもしれない。

「そろそろ行こうか」

衛士が茉奈を抱っこしつつ立ち上がった。彼を見下ろしていたのが、見上げる形になる。

「あ、あのね。衛士のご両親への手前はもちろんあるんだけれど、私もせっかくもらったからこの指輪をつけてみたかったの」

正直な想いを彼に伝える。普段使いにはどうしても難しく、たまにこっそりケースにしまっている指輪を眺めては幸せに浸っていた。

自分からつける勇気がなかなかなくて、今日も実は衛士にはめてもらえてうれしかった。

そんなことをたどたどしく口にしたら、不意打ちで唇を重ねられる。

「なっ」

「未亜があまりにもかわいいことを言うから」

驚きで口をぱくぱくさせる私に対し、茉奈を抱っこしながら衛士は涼しげな顔で先に歩を進めた。

「さ、行こうか」

茉奈を片手で支え、彼のもう片方の手はさりげなく私の肩に添えられる。

まったく、衛士にはいつもかなわない。ご両親への挨拶の緊張から彼へのときめきで心臓は大きく音を立て存在を主張していた。

衛士の車に乗り込み、ご両親のことをあれこれ質問した。茉奈のことや私が杉井電産の社長の娘でご両親はどんな反応をするのか。取り調べさながらの硬い雰囲気に衛士は苦笑する。

「心配しなくても、うちの両親は未亜が想像するよりずっと気さくだ」

「ご、ごめん。私の父があんな感じだから……」

とっさに返した言葉で気づく。母親を早くに亡くし、私の知っている父親という存在は常に厳しく、自分にも周りにもいっさいの妥協を許さない人だ。

無意識に衛士の両親まで同じ雰囲気だと決めつけていたかもしれない。

「杉井社長はたしかに厳しい人かもしれないが、未亜や茉奈に対する愛情は本物だよ」

「……うん」

わかっている。結局、茉奈の存在を認めてかわいがってくれている。衛士は私のいないところで父といろいろ話したんだよね？　どんな会話を交わしたんだろう？

運転する彼の横顔をちらりと見ながら、その質問はのみ込んだ。

「衛士もいいお父さんだよね。茉奈、衛士に会うとご機嫌になるの」

代わりに先ほどの件を持ち出して改めて助かった旨を伝える。

私相手だと服を着ないとごねていた茉奈だが、衛士に会うと笑顔になっておとなしく言うことを聞いていた。ありがたい反面、少しだけ悔しかったのも事実だ。その結論に達して慌てて内心で訂正する。

悔しいってなんだろう。茉奈が衛士の言うことを聞いて、よかったんだ。こんな感情は間違っている。

なら、このモヤモヤはなに？

「それは茉奈が俺に気を許していないからだよ」

「え？」

ところが衛士から返された内容がまさかの内容で、目が点になる。

「茉奈なりに緊張して、まだ俺には素直に甘えられないんだと思う。未亜には素の部分をさらせるから無理を言ったりぐずったりできるんだろうな」

そんなふうに思ってもみなかった。てっきり私より衛士の方が茉奈の扱いがうまいからなのかなって。

衛士はちりとこちらを見て、すぐに前を向いた。

「茉奈にとって未亜が結局、一番なんだよ。全部を預けられるって信頼関係が成り立っているのは、母親なのはもちろん未亜がずっと茉奈に向き合っていたから、一歳でも茉奈なりにわかっているんだ」

衛士の言葉がすとんと胸に落ちてきて、心がふっと軽くなる。

ああ、そうか。茉奈にとっては、いつも一緒にいる私より会う時間の短い衛士の方がいいのかなって、少しだけ卑屈に考えていたんだ。そんなことないってすぐにわかるのに。

「そういう点で言えば俺はまだまだだな。もっと茉奈にも甘えてもらえるよう努力するよ。改めて母親は……未亜は本当にすごいと思う」

ニコニコしてかわいいときだけじゃない。どんなに機嫌が悪くても、泣いてぐずっているときも関係なく私は茉奈を育てていかないといけない。

母親だからあたり前だって言い聞かせていたところもあったけれど、衛士は理解してくれているんだ。私のがんばりを認めてくれている。

信号で車が止まり、衛士がこちらを向いて手を伸ばしてきた。頭に軽く手のひらがのせられる。

「未亜、いつもありがとう。お疲れさま」

不意に涙腺が緩みそうになる。衛士が来る前の茉奈のイヤイヤがすごくて手を焼いていたから余計にだ。

ちらりと後部座席に座る茉奈を見たら、着ているワンピースについているフリルを珍しそうに掴んで眺めている。

精神的にも体力的にも、心が折れそうなときがたくさんある。でもやっぱり世界一かわいい私の宝物だ。大切で大事な衛士との娘なんだ。

気持ちを切り替えて、茉奈のためにも衛士の両親への挨拶をしっかりしようと身を引きしめた。

衛士の実家を訪れるのは、実は初めてだ。

「ここだ」

そう言って示す彼の家を見て驚く。私の実家も大概大きい方だとは思うが、衛士の実家は大きいのはもちろん洗練されたデザインが目を引いた。

芝生の庭に囲まれた一軒家は美術館を思わせるような白を基調とした建物で、門や窓など至るところにアイアン装飾が施されている。

「すごい。素敵」

「主に母の趣味なんだ」

広々としたガレージに車が止まり、私は緊張した足取りで車を降りる。外の日差しは相変わらず厳しいが緊張が勝って冷や汗をかきそうだ。茉奈は車に乗っていたからか目が半分閉じそうになっていた。

「おいで、茉奈」

衛士がチャイルドシートから茉奈を降ろして抱っこする。茉奈も初めて来た場所に目をぱちくりとさせた。きょろきょろと興味深そうに辺りを見回している。

私は手土産の紙袋の紐を強く握り直した。中身は有名老舗メーカーの国産フルーツを使ったゼリーの詰め合わせだ。茉奈のお気に入りでもあるのでこれに決めた。

「まぁ！」

衛士のうしろに続いていると、いきなりどこからともなく甲高い声があがった。ちらりと衛士の背中から顔を出して前を見ると、上品なたたずまいのご夫婦らしきシニア世代の男女が玄関のドアの前に立っている。続けて口に手をあてて目を大きく開けているご婦人が目に入った。

「なんてかわいらしいの！」

感動したと言わんばかりの勢いに私は目を白黒させる。女性は綺麗に髪をまとめ上げ、花柄の刺繍の入った上品なワンピースとそれに似合うアクセサリーを身につけている。

さらにその隣には男性が立っていて、彼には見覚えがあった。ラグエルジャパンの社長、つまり衛士のお父さんだ。

背が高く白髪交じりの髪をオールバックにしてきっちり固め、襟付きのシャツとグレーのスラックスは気品があって落ち着いた印象を抱かせる。

ふたりの視線はまじまじと衛士が抱っこしている茉奈に注がれていた。

女性が一歩、こちらに踏み出す。

「待ちきれなくて、車が見えたから出てきたの。はじめまして、衛士の母の朝霧慶子」

です」

不意打ちの自己紹介を受け、私は衛士の背後から横に並び直し、慌てて頭を下げる。

「はじめまして。杉井未亜と申します。この子は娘の茉奈で一歳半になります」

「話は衛士から聞いていたのよ。未亜さんと茉奈ちゃんね。今日は会えてうれしいわ」

衛士のお母さんは綺麗で思ったよりも明るく気さくな印象だ。

「とりあえず、こんなところもなんだから中に入ってもらったらどうだ」

衛士のお父さんがお母さんに声をかけ、私たちは中に通される。

内装も外観に勝るとも劣らず、まるで外国にでも来たかのようなスタイリッシュさがあった。白いタイルのような磨かれた床に高めに設計された天井が映える。

いつもならさっさと抱っこから下りようとする茉奈だが、初めての場所や初めて会う人たちに緊張しているのか、衛士にしがみついたままだ。

ひとまず着席前に手土産を渡して再度頭を下げる。慶子さんは笑顔で受け取り、お茶の準備をしてくると台所に消えていった。リビングのソファに茉奈を抱っこした衛士と私が並んで座り、机を挟んだ正面に衛士のお父さんが静かに着席した。

「まさか杉井電産のお嬢さんと付き合っていたとは知らなかったよ」

朝霧社長は苦笑しつつ漏らした。その言い方は本当に意外だと驚きをはらんでいて、もともと朝霧社長の指示で衛士が私に近づいてきたのだと考えていた疑惑が晴れる。

「未亜さん、杉井社長の体調はいかがかな？」

話を振られ、居住まいを正す。

「はい。おかげさまで退院の目処もつき快方へ向かっています」

「そうか、お大事に」

そこで私は今後、杉井電産はラグエルジャパンに託すことになるのを思い出す。今回の衛士との結婚の発端だ。

「このたびは、杉井電産をどうぞよろしくお願いいたします」

何年も前、それこそ衛士と付き合う前からラグエルジャパンは杉井電産に技術提携などを持ちかけてきていた。父が首を縦に振らなかったが、先方にとってはそれが叶うわけだ。

朝霧社長は仰々しい私の態度に困惑気味に微笑む。その表情は、どこか衛士に似ていた。

「こちらこそよろしく頼むよ。杉井電産さんの技術は相当なものだ。世界中が注目しているから、もっとアピールして杉井電産さんの名前とともに日本の技術として世界中に誇って、残していくべきだと思うんだ」

「……ありがとうございます」

お礼を告げつつ私は内心でわずかに動揺していた。てっきり杉井電産の技術などはラグエルジャパンに取り込まれ、あちらの事業拡大や業績に貢献するために求められていると思っていたから。

少なくとも父が敵対視していたのを目のあたりにして、ラグエルジャパンが欲しいのは杉井電産の技術だけと考えていた。

でも衛士や朝霧社長の今の返事からすると、多少なりとも杉井電産の技術だけでなく、その名も残そうと思ってくれている？

国内企業としか取引をしてこなかったから日本ではそこそこ名を知られている杉井電産だが、世界相手にはまるでだ。ラグエルジャパンはそれを残念がっている？

『杉井電産の技術は魅力的だし、うちも昔から高く買っていた。その信頼はもはや一種のブランドだよ。逆に極力、杉井電産の名前を残したいと思っている』

衛士の言っていたことは正しかったらしい。

『それで……お父さんに言われて私に接触してきたの？』

『違う』

顔がかっと熱くなる。衛士と別れるとき、彼がラグエルジャパンの社長令息だからって、あまりにもすべてを疑いすぎていた。

「もう、お仕事の話はいいじゃないですか。未亜さんは杉井電産の社長の娘さんである前に、衛士のお嫁さんで茉奈ちゃんのお母さんなんですから」

お茶を運んできた慶子さんに明るく声をかけられ、私たちの意識はそちらに向いた。

銀のトレーからまずは私の前にそっとカップが置かれた。

「未亜さん、紅茶が好きなんでしょ？　これ私のおすすめなの。気に入ってくれるとうれしいわ」

「ありがとうございます」

縁が金色で装飾され、薔薇が描かれているカップの中で飴色の液体が揺れている。

いい香りが立ち込めていた。

「はい、あなたと衛士はコーヒーね。茉奈ちゃんはお茶とジュース、どちらがいいかしら？」

「じゅーちゅ！」

ソファにちょこんと座り、借りてきた猫のようにおとなしかった茉奈が大きく反応する。それを見て、場の空気がさらに和やかなものになる。中身はリンゴジュースらしく、あげてもいいかと慶子さんから尋ねられ、私はうなずいた。

プラスチックの小さなコップを渡された茉奈はごくごくと飲み始めた。

「本当にかわいらしいわねぇ。衛士の小さい頃を思い出すわ」

「上手に飲むもんだな」

慶子さんと朝霧社長は茉奈の姿を愛おしそうに眺めている。

茉奈のことをいくつか尋ねられ、私は茉奈の好きなものや性格、保育園での生活などについて話し始めた。そして気づけば出産のときまでさかのぼっていた。

一方的に話し始めたかと我に返ると、慶子さんも朝霧社長もなんだか切ない顔でこちらを見ている。隣にいる衛士まで聞き入っていた。

「未亜さん、すまなかったね。ラグエルジャパンの後継者として衛士のアメリカ行きは必須で決まっていたから、ふたりを別れさせる事態になって」

「い、いえ」

朝霧社長が神妙な顔で謝罪を口にしたので、私は肩を縮め恐縮した。慶子さんが頬に手のひらをあて、ため息交じりに同意する。

「本当、当時衛士の雰囲気が丸くなって、結婚を前提にお付き合いしている人がいるって聞いたときは驚いたけれど、留学をきっかけに別れてしまったなんて。待つのもついていくにしても覚悟のいることだったでしょうし」

どうやら衛士はご両親に、私と別れた原因は彼のアメリカ行きがきっかけだと伝えているらしい。

おかげで責められるどころか、ご両親は申し訳なさそうにしながらも茉奈をひとりでここまで育てた私に対するねぎらいやお礼、私と衛士が結婚するうれしさや感謝が切々と語られた。ラグエルジャパンや杉井電産といった会社は関係ない、純粋に息子を思って孫の存在を歓迎するおふたりの姿に、張りつめていたものがわずかに緩む。

結局、昼前にはお暇する予定だったが、ぜひにと勧められ昼食をご両親と一緒に取った。茉奈はすぐに衛士の両親に慣れて、抱っこされ笑顔になっている。その流れで衛士の子どもの頃の話を聞いたり、アルバムまで見せてもらった。

幼い頃の衛士の写真を、慶子さんの膝に抱っこされた茉奈は不思議そうに眺め、時折指さしをしてなにかを訴えると、朝霧社長が優しく説明する。

予想とは反し、終始温かい雰囲気に包まれた挨拶になった。

昼食後のお茶をいただき、衛士のご両親はこの後用事があるらしいので今度こそ帰る支度をする。そのとき朝霧社長に抱っこされていた茉奈が、電池が切れたようにもたれかかっていることに気づいた。

「静かだと思ったら眠ってしまったらしい」

「さっきまであんなにはしゃいでいたのに……疲れたのかしら？」

私は慌てて茉奈を受け取ろうとする。

「すみません。このまま連れて帰ります」

「未亜、荷物を貸して」

抱えていた荷物を衛士が受け取ろうとしてくれたが、そのとき慶子さんが閃いたという顔になった。

「疲れているでしょうし、ちょっと寝かせていってあげたらどうかしら？」

「い、いえ。大丈夫ですよ！」

私は遠慮して首を横に振る。しかし朝霧社長も大きくうなずいた。

「私たちはもう行くが、ゆっくりしていったらいい」

「寝かせるのは衛士の部屋のベッドでいいかしら？」

ご夫婦の間で話はどんどん進んでいく。衛士に助けを求めようと視線を送ったが、彼は大きくため息をついた。おそらくこうなっては拒否できないのを息子として心得ているらしい。そうなると私はなにも口出せない。

「そういえば未亜さん、衛士の部屋を見ていなかったでしょ？　とくにおもしろいものはないけれど案内してあげたら？」

にこにこと提案する慶子さんに、私は返答に困った。そこで衛士が眉根を寄せながら答える。

「わかった。とりあえず父さんと母さんはもう行ったらどうだ？　あとは適当にこっちでやっておくから」

そう言って衛士は朝霧社長から茉奈を受け取る。

「未亜さん、今日はありがとう。また茉奈ちゃんと一緒に遊びにいらしてね。衛士抜きでも、ぜひ！」

「衛士、仕事も大事だが未亜さんと茉奈ちゃんを大切にな」

なぜか私たちが見送る側となり、衛士の両親に別れを告げた。広いお屋敷に私たち三人だけになる。

「悪いな、振り回して」

玄関の扉が閉まったのとほぼ同時に、衛士が気まずそうに口火を切った。

「ううん。ありがとう。かえって気を使わせちゃって……」

「未亜や茉奈に会えたのがよっぽどうれしかったらしい。母はもちろん、あんなふうに頬を緩ませている父は久しぶりに見たよ」

そう話す衛士の顔もうれしそうだ。うちの父しかり、孫の力は偉大らしい。

「ひとまず茉奈を寝かせるか」

「うん」

衛士の後に続く。先ほどの慶子さんの発言ではないが、実家の衛士の部屋を見るのは初めてだ。少しだけ期待に胸を膨らませながら、階段を上る途中、何枚もの飾られている絵に目が奪われる。

「これ……」

「ああ、母が好きなんだ」

そこには有名どころの絵画が飾られていた。レンブラントやフェルメール、ルーベンスといった巨匠たちのもので、緻密に描かれている作品はその場の空気感まで伝わってくる。どうやら衛士の実家は見た目だけでなく、中身まで美術館を模しているらしい。もしも母が生きていたら慶子さんと馬が合ったかもしれない。

「後でじっくり観てもいい？」

「もちろん」

衛士の自室は、付き合っていたときのマンションに雰囲気が似ていた。白色の壁と天井に家具はモノトーンですっきりまとめられ、ベッドや作業用デスク、ソファに本棚などが配置されている。空間を贅沢に使い、圧迫感がまったくない。

衛士は真っすぐベッドに歩を進め茉奈を寝かせた。体勢が変わったからか、茉奈が目を閉じたましかめ面になる。けれどそれは一瞬で、彼女は相変わらず夢の中だ。

「初めての場所、さらには初対面の大人に囲まれて茉奈も疲れたな」

茉奈の頭をなでながら、すまなそうにつぶやく衛士に私はわざと明るく付け足した。

「大はしゃぎだったもの。茉奈も衛士のご両親に……祖父母に会えてうれしかったと思う」

こんなことならもっと早くに挨拶に訪れるべきだったな。それ以前に……。

ごまかすように気持ちを切り替え、私は部屋の中に目線を飛ばした。

「初めて来たけれど衛士の部屋って感じがする」

「母さんが言ったように、とくにおもしろいものはないだろ？」

素直な感想を漏らすと衛士が苦笑する。

「おもしろさは求めていないよ。なんだか落ち着くなって」

本棚は洋書がメインで、経営に関する本や仕事関係の資料、美術の本もあった。衛士の趣味や努力の証が十分に伝わってくる。

ご両親に挨拶するために実家にやって来たが、知らなかった衛士の一面をたくさん見られた。ラグェルジャパンの後継者というより息子としての彼の立ち位置がなんだか新鮮で、微笑ましかった。

「私、茉奈のそばにいるから衛士はすることがあったらどうぞ」

しばらくは起きないだろうが、この部屋からリビングまでは遠いから茉奈が目覚めたときのことを考えると離れられない。なによりここは衛士の実家だから、あまり私がうろうろするわけにもいかないし。

すると衛士が私の方に近づき、さりげなく手を取って抱き寄せた。

「どうしたの?」

「することがあったらって言っただろ。せっかくふたりきりになったから未亜に触れておきたい」

彼の腕の中に閉じ込められ、耳もとで熱っぽくささやかれる。顔が見えないのもあって、からかわれているのか本気なのか判断がつかない。

「し、仕事でって意味だったんだけれど」

ご両親と会っている際、衛士の電話が何度も鳴って彼は渋々、対応するため部屋を出ていった。衛士の抱えているものは、私が思う以上に大きいんだ。

ぎこちなく返したら、衛士は慈しむように私の頭をなでていく。

「こんな貴重な時間に、仕事をするほど野暮じゃないさ」

　衛士の言葉にちらりと顔を上げると、衛士の表情は真剣そのものだった。

「たまにはこうやって、未亜を独占したいんだ」

　私の返事を待たずに軽く額に口づけられ、頭にあった彼の手は私の頬へ移動する。

　直接伝わる体温に安心していると目尻にキスを落とされた。応えるように目を閉じたら、まぶたにも唇のやわらかい感触がある。

「うん」

　私は小さくつぶやき、目を開けた。

「私も衛士にそばにいてほしい。今は、私だけのものでいてくれる？」

　茉奈の父親であり、ここでの衛士は朝霧夫婦の息子でラグエルジャパンの後継者だ。

　それがありありと伝わってきたからこそ、思いきって正直に自分の希望を口にする。

　衛士は顔を綻ばせ、額をこつんと重ねてきた。

「俺はいつだって未亜だけのものだよ」

　目が合い、どちらからともなく唇を重ねる。触れるだけのキスを幾度となく繰り返し、お互いの熱に酔っていく。

　私も衛士の頬に手を伸ばすと、その手に彼の手のひらが重ねられる。

「んっ……んん」

まさかの彼につかまる形になり、求められるようなキスから逃げられない。手を離そうにも思った以上に衛士の力は強くて、逆に私は反対の腕を彼の首に回して自分から大胆に密着してみる。

すると衛士は唐突に口づけを終わらせた。もしかして引かれたのかと不安になったのとほぼ同時に、彼が背を屈め私の膝下に腕を伸ばす。

「わっ」

突然の浮遊感に目が回りそうになった。衛士が向かったのはグレーの高級そうなソファだ。

私を抱えたまま衛士は腰を下ろし、結果的に私は彼の膝に横抱きされる形でソファに足を乗り上げて座る体勢になった。

さすがに行儀が悪いと体の向きを変えようとしたが、衛士に抱きしめられ阻止される。ややあって腕の力を緩めた彼と目が合う。

衛士は慈しむように私の髪に指を通しだした。

「ずっと気を張っていたけれど大丈夫か?」

彼のねぎらい交じりの問いかけに、私は微笑む。

「うん。平気。衛士が言った通り、気さくで素敵なご両親だね。茉奈のこともすぐに孫として受け入れてくださって」

「茉奈だけじゃなく、未亜も受け入れているよ」

即座に訂正され、私は一度言葉を止めた。

「……うん」

ご両親の気持ちは痛いほど伝わってきた。だからこそ申し訳なく感じる部分もある。

『あのね、ここだけの話なんだけれど、衛士が未亜さんと結婚するって聞いて親としては胸をなで下ろしているところもあるの。未亜さんと別れた後の衛士、大荒れしてね。あんな調子でよくアメリカにまた戻ったと思うわ』

衛士が電話の応対をするため部屋を出ていったタイミングで、慶子さんが内緒話をするかのように切り出した。

私と別れた後の衛士がどんな感じだったのか、初めて耳にする。

『でも帰国して未亜さんと再会して茉奈ちゃんの存在を知ってね。そこからの行動はすごかったのよ。衛士はどうしてもあなたと結婚したい、子どものことはもちろん、ずっと忘れられず想い続けていた相手だから認めてほしいって。反対なんかしないのにね』

慶子さんの話に朝霧社長も同意する。今まで衛士に対する結婚話はなかったと言えば嘘になるが、最後は本人の意思を尊重しようと夫婦で決めていたらしい。

ちなみに杉井電産の経営については、最初父から朝霧社長に連絡があったそうだが、できれば次期後継者の衛士と話がしたいと言ってきたそうだ。

『滅多に自分からなにか頼み事をしない衛士が必死でね。少しうれしかったの。初めてよ。よっぽど未亜さんと結婚したかったのね』

『今日、衛士を見て驚いたよ。子どもの面倒もよく見て、穏やかになったとでもいうのか』

少し意外だ。知り合った頃から衛士ははっきり物申すタイプではあったが、もともと穏やかなイメージを抱いていたから。

慶子さんの視線が茉奈に注がれる。

『親に対してっていうのを差し引いても、かなり冷たくてツンケンしてたのよ。それがあんな幸せそうな顔をして笑うようになって……。未亜さんと茉奈ちゃんのおかげね』

慶子さんの話によると、今でこそ穏やかな朝霧社長だが少し前までは仕事が生活の中心であまり家庭を顧みない人だったそうだ。衛士に対しては後継者ということもあり、とくに厳しかったんだとか。

しかし慶子さんが体調を崩し、入院したことがきっかけで朝霧社長は変わったらしい。一番大切にしないとならないのは自分を支えてくれた妻で、家族なんだと。

そして反発こそしないが、どこか冷めた感じの衛士が気づけば若い頃の自分と重なり、勝手ながら心配していたそうだ。

第三者から聞く衛士の様子に、なんとも言えない気持ちになる。たくさんの葛藤を抱えて、ラグエルジャパンの後継者として努力している衛士は、私や茉奈に対しても真摯に向き合ってくれている。

「……ごめんね」

「どうした？」

ぽつりと謝罪の言葉を口にしたら、衛士が不思議そうに声をかけてくる。

「衛士がラグエルジャパンの社長子息だって知ったとき、もっとちゃんと衛士の話を聞いていればって。そうしたら衛士にもご両親にも、茉奈の誕生から見守ってもらえたのかなって」

ああしていればという仮定の話をしても意味はない。けれどご両親に会ってその思いはよりいっそう強くなった。

「あのとき仮に未亜が俺の話を聞いてくれて必死に言い訳したとしても、未亜のわだかまりを完全に消すのは無理だったと思う。おそらく振られていたよ」

「そんな」

ことはないと続けようとしたら額をこつんと重ねられた。至近距離で彼と目が合う。

「いかに自分が傲慢で浅はかだったのか、未亜を失って初めて気づいた。だから遠回りしたけれど、お互いに向き合うために必要な時間だったんだ。そう思いたいし、思えるのは未亜と茉奈が一緒にいる未来を約束してくれたからだよ」

穏やかに話す衛士に私は小さくうなずく。うしろ向きになりそうな思考が彼のおかげで前を向ける。

「衛士は、もっと私に望むことはないの？」

「望むこと？」

唐突な私の質問に、衛士は目を丸くしておうむ返しをしてきた。

「いつもしてもらってばかりだから。私も返したい」

反省しても過去を変えられないなら、未来に活かしたい。衛士が揺るぎなく注いでくれていた気持ちに私も応えたい。

表情を緩めず衛士をじっと見つめていたら、彼はふっと笑った。

「なら未亜が喜ぶことをしたい」

「質問の答えになってないよ！」

気を引きしめていた私はすかさず言い返す。しかし衛士はなに食わぬ顔だ。

「なってるさ。言っただろ、未亜を幸せにしたいって。前に聞いたとき、未亜は自分の幸せは茉奈の幸せだって答えたけれど、俺は未亜自身の希望を知りたいんだ」

『い、今の私の幸せは茉奈の幸せなの。だから茉奈のことを一番に考えてほしい』

あのときの答えに嘘はない。茉奈を最優先するのは当然で、そうしてきた。

でも、言ってもいいのかな。願っても。

「……また美術館に行きたいな。ずっと行ってなかったから、ゆっくり絵を観たい」

「茉奈がいたら難しいよな」

肯定しようとしてふと思い直し、私は伏し目がちになって固まった。

「違うの」

そして口をついて出たのは否定の言葉だ。

「本当は行こうと思えば行けたの。でも、あえて行かなかっただけ」

衛士の言う通り茉奈を連れていく場所ではないとはいえ、陽子さんに預かってもらったり、平日に代休を取ったときに行くとか方法はいくらでもあった。それでも足を運ばなかったのは……。

「衛士と出会った場所だから」

いろいろなことを思い出しそうで、きっと絵に集中できない。ひとりで行けば余計に、会いたい気持ちがあふれそうで怖かった。

自分でも気づかないふりをしていた本音を口にしてみる。

もしかして責めているみたいに聞こえたかな？

心配になってフォローしようとした瞬間、衛士に抱きしめられた。

「今度、一緒に行こう」

彼の胸にすっぽり収まり瞬きを繰り返す。聞こえたのは低く真剣な声だった。

「未亜の都合に極力合わせる。茉奈はうちの両親が喜んで見てくれるだろうから」

「え、衛士」

一方的に話を進めていく衛士に思わず声をあげる。そこでわずかに回されていた腕の力が緩んだ。再び彼と目が合うと、彼はばつが悪そうな顔になった。

「悪い、いつも先走って」

「ううん」

そこで一拍間が空く。続けたのは私だ。

「うれしい。衛士と行くの、楽しみにしてるね」

結婚しても、子どもがいても、衛士との約束はあの頃と変わらず私の心を弾ませる。

衛士はとびきりの笑顔を返してくれた。

「ああ。俺も楽しみにしている」

やっぱり衛士の笑った顔が大好きだ。目を奪われていたら、そっと頬をなでられごく自然な流れで目を閉じる。予想通り唇に温もりを感じ、胸の奥がいっぱいになった。

一度唇が離れ目を開けると、至近距離で衛士と視線が交わる。今度は私からも顔を寄せキスを再開させた。

重ねるだけの優しい口づけを幾度となく繰り返すうちに、衛士は私の下唇や上唇をそれぞれ食むようにして触れ方を変えていく。

けれどけっして深いキスには移行しない。満たされていた気持ちの中に、少しずつ焦らされているような苦しさが混じっていく。

根負けしたのは私で、たどたどしく舌を差し出し衛士の唇をなめ取った。すると待ってましたと言わんばかりに舌をからめとられ、激しく求められる。

「んっ……んん」

巧みなキスに翻弄されている間、さりげなく衛士の腕が腰に伸びてきた。そのまま力を入れられ、体の向きを変えられる。横抱きされていた体勢が、正面から抱きしめられ衛士のキスを受ける姿勢になった。

密着具合が増して、ますます衛士からのキスは遠慮のないものになっていく。唾液が混ざり合う水音が耳からだけでなく直接脳に響き、羞恥心で衛士のシャツをぎゅっと掴んだ。

息が詰まって、舌先が痺れていく。けれど、もっとしてほしい。矛盾している気持ちに混乱する。

……違う。好きだから、こんなに求めてしまうんだ。

「ん……好、き」

切れ切れに自分の想いを声にのせる。私の気持ちがちゃんと衛士に伝わってほしい。

そのとき、背中に妙な違和感を覚えた。衛士がワンピースのファスナーをさりげなく下ろしたのだと気づいたときには、素肌が空気にさらされた感触があった。

「ちょっ、んん……」

止めようにも、片方でも体に回されている腕の力は強く、キスも続けられる。こんなとき器用な彼が憎らしい。あっさりと際限までファスナーは下ろされ、ワンピースの生地がたるむ。肩先でかろうじて引っかかっているが、胸もとをあらわにする格好になった。

「あっ」

衛士の長い指が存在を主張するように肌をなで、さすがに声が漏れる。その弾みで口づけが中断した。

「だ、だめ」

急いで袖を戻そうとしたが先に首もとに顔をうずめられ、反射的に肩を震わせた。

「今日は、未亜の格好も態度もいつにも増して一段とかわいいから」

肌に密着した状態でしゃべられると吐息さえ刺激になる。きっと衛士はそこまでわかっていて、わざとに違いない。

さらに彼は音を立ててその場に口づけた。

「ん」

鳥肌が広がり、衛士は顔を浮かせて涙目になっている私を見下ろしてくる。

「この服、よく似合ってる。ただ、俺のためじゃない点だけは残念だな」

「衛士のため、だよ」

冗談めいた言い方の衛士に対し、私はかすれた声で真面目に言い返した。

衛士のご両親に会うからと選んだワンピースだけれど、突きつめて考えると……。

「ご両親に、ちゃんと衛士の相手として認められたかったから」

ものすごく緊張して気を使ったわりに杞憂に終わった。

今度こそ服を整え直そうとしたら、なぜか急に視界が揺れ、勢いよくソファに押し倒される。

見慣れない天井と怖い顔をした衛士が目に映った。なにか怒らせることをしただろうかと不安になったところで、顎に手を掛けられ衛士の親指が私の唇をなぞる。

「本当は今のでやめるつもりだったのを未亜が煽るから」

「あ、煽るって」

とっさに言い返そうとしたがキスで口を塞がれ、再び甘い口づけが始まる。

「ふっ……ん……ん」

さらに衛士の手はあらわになっている私の肌に触れていき、違う意味でも声があがりそうだ。

「え、い……う、んっ……」

拒みたいのに拒めない。大きな手のひらの感触を薄い皮膚越しに感じ、それはけっして嫌なものではなかった。むしろ私の中の熱を呼び起こす。

どうしよう。このまま流されようか。きっとその方が楽だし、私だって彼を求めている。

　理性を手放しそうになった瞬間、微かな声が聞こえた。私のものでなければ目の前の衛士のものでもない。

　衛士も聞こえたらしくキスも私に触れるのも中断し、意識を部屋の別のところに向けている。彼の視線の先にはベッドがあり、おそらく声を発したのは茉奈だった。

　起きてしまったのか、夢を見ているのか。息を押し殺し様子をうかがっていたら、突然首筋にキスを落とされる。

「やっ」

　反射的に叫ぶと、衛士がすばやく人さし指を私の唇にあてた。

「静かに。茉奈が起きる」

　そう告げる衛士の顔はどこか楽しそうで、逆に私はとっさに両手で自分の口を押さえていた。

　それを見た衛士はなにを思ったのか、私の肌への愛撫を再開する。ゆるゆると彼の手がすべり、だめと拒否したいのに、その声さえ茉奈を起こすものになってしまったらと思うと耐えるしかない。

「ん……んっ」

口を塞いで物理的にキスができない状態にしているからか、衛士は私の肌に唇を寄せた。手と唇、時折舌を使って、懐柔されていく。

必死に口に手をあて、声を出さないよう、漏らさないように努める。

それなのに、衛士の手は触れ方を変えながら私の弱いところを確実に攻め立てていった。胸もとに彼の手が伸びてやわやわと刺激されるたび、視界が涙で滲んでいく。

この先の快楽を私はすでに彼に教え込まれているから、受け入れたい気持ちが理性を押しつぶしていく。

でも、茉奈が起きるかもしれないし、ご両親が帰ってくる可能性だって……。

ついにこらえきれなくなった涙が目尻からすべり落ちた。それに気づいた衛士が動きを止める。

瞬きするたびに、たまっていた涙がこぼれ、衛士はしばらく葛藤するそぶりを見せた後、私の目もとに口づけた。そして先に彼が体を起こす。

おかげで私たちの間に微妙に距離が生まれ、はだけた箇所が空気にさらされて身震いする。そんな私を、衛士は慎重に抱き起こして優しく抱きしめた。

「悪い、調子に乗ったな。声を出さないように耐える未亜があまりにもかわいくて」

まさかの言い訳に、私は眉をつり上げる。衛士を睨みつけた。

「意地悪」

衛士は否定せず、余裕たっぷりに私の額に口づける。

「でも俺以外のことで頭がいっぱいの未亜を抱くのは本意じゃない」

そのわりに容赦がなかった気がするのは気のせいだろうか。けれど伝わってくる衛士の体温が心地いいので、なにも言い返さずおとなしく身を委ねる。

「それに、さすがに仕切りなしに娘が同じ部屋で寝ているしな」

独り言に近いものだろうが、私は身じろぎして衛士の顔を見た。どうやら彼もなんだかんだで茉奈の存在を気にしていたらしい。

そんな衛士になんとなく安堵する。そのとき、彼の手がなにげなくスカートの中に潜り込み、太股をなで上げていく。私は勢いよくその手を押さえつけた。

「な、なに？」

「中途半端だっただろ？　もう少し触って未亜の頭が真っ白になるくらいには気持ちよくさせようかと」

あっけらかんと答えられたが、衛士の言わんとする内容を理解し、羞恥心で頬が熱くなる。

「い、いい！　必要ない！」

「遠慮しなくていい。俺はいつでも未亜が喜ぶことをしたいんだ」

ものは言いようとはこのことだ。さっきとは絶対に意味が違っている。

しばらくソファの上で衛士と攻防戦を繰り広げていると、今度こそベッドの上から声がかかる。

私と衛士の姿を捉え、寝ぼけ眼で満面の笑みになる茉奈を見て、私と衛士も顔を見合わせ笑い合った。

第六章　白雨に見つけた真実

八月のお盆明けの週末、私は朝から美容院に行ったり、茉奈を陽子さんに預けたりとバタバタしていた。今日の夕方、ラグエルジャパンの新規事業のお披露目を目的とするレセプションパーティーに衛士と出席するためだ。

なんでもアメリカのラグエルとの同時展開が正式に決定している今回の事業は、業界からの注目度もひと際高く、リリース前から話題を呼んでいる。本体と対等な扱いで進められるわけは、あちらに留学していた衛士が中心メンバーのひとりとして関わっていたらしく、このたび責任者としてラグエルジャパンでの事業の指揮を執っていく運びとなったからだそうだ。

いわばこのパーティーは、ラグエルジャパンの新規事業の内容うんぬんというより、業界関係者に日本法人の次期後継者として衛士の存在や実力を広く知らしめるために行われる。ついでという形でもこの機会に彼の結婚を報告するのは、自然な流れだ。

つまり私は衛士の結婚相手として正式に紹介され、注目されることになる。憂鬱とまではいかなくても多少のプレッシャーを感じるのはしょうがない。

まだ空は明るく気温は高いが夕方に差しかかる頃、私は姿見の前で最終チェックを行う。メイクは服装に合わせていつもより濃いめに施したつもりだ。ヘアメイクは美容院でセットしたので問題はない。

用意したドレスは、レースが贅沢に使われ、シースルーで肌の露出をほどよく抑えつつ上品さがあふれるデザインを選んだ。色はダスティーピンクで、それに合わせたゴールドのアクセサリーを身につける。

パーティーに参加すること自体久しぶりで妙に緊張していた。もともとあいった場は得意ではないが、茉奈を妊娠する前は父に連れられ、それなりにさまざまな催しに顔を出していた。

大抵そこで結婚相手の候補として独身男性を紹介されるのが定番で、あまりいい思い出はない。

けれど今回は杉井電産の社長の娘としてではなく、ラグエルジャパンの次期社長で

ある衛士の妻として出席する。

ぐっと握りこぶしを作って気合いを入れた後、私は開いた左手の薬指を見つめた。こんな機会にしかなかなかつけられない婚約指輪と先日贈られたばかりの結婚指輪を重ねづけし、ほかの指より圧倒的存在感を放っている。

先日、両家への挨拶を経て、私と衛士は婚姻届を提出し晴れて夫婦になった。朝霧未亜。なんだかまだまったく慣れないし実感も湧かない。茉奈も朝霧茉奈になったが、本人はあまりわかっていないと思う。

それでも衛士のことを一度だけ『とーしゃ』と呼んだのは、大きな変化かもしれない。子どもの方が順応性ってやっぱり高いんだな。

アパートには今、段ボールがそこらへんに積み重なっている。今月末には衛士のマンションに引っ越し、三人で生活を始める予定だ。

冬物など普段はあまり使わないものを、このお盆休みを利用して必死に段ボールに詰め込んだ。しかし小さい子どもがいる場合、ここまで荷造りが困難なものになるなんて知らなかった。

入れたそばから中身を出していったり、無理やりガムテープを剥がしたり、やることなすこと妨害でしかないが、それは大人の都合だ。大きな病気もなく元気ならいい。そんなふうにポジティブに考える。

茉奈が早く新しい生活に慣れるといいな。住む場所はもちろん、衛士と一緒の生活にもだ。後者はあまり心配していない。

スマートホンが鳴り、衛士が到着したと知る。もう時間だ。

軽くバッグの中身を確認した後、玄関を出て下で待機しているタクシーのもとに駆ける。

後部座席のドアが開き、中にいる衛士が軽く手を上げた。

「こっちまで回ってくれてありがとう」

お礼を告げて彼の隣に乗り込む。今日の衛士は黒のタキシードに身を包み、髪もワックスできっちり整えていて、いつにも増して貫禄がある。

「今日は悪いな、付き合わせて」

「ううん。あの、こんな格好でよかったかな？」

今さらなにか気になることがあると言われても対処できるとは思えないが、完璧な彼を前に不安になってしまう。

「なにも問題ない。よく似合ってる」

そう言って衛士は私の左手に自分の手を重ねた。そしてそっと左手の薬指に触れる。

「茉奈は大丈夫だったか？」

伝わる温もりにどぎまぎしながら、私はうなずく。

「うん」

茉奈はパーティーが終わるまで陽子さんに預かってもらうことになっている。

長い時間を申し訳ないと思いつつ、預けるのは久しぶりだからむしろ喜ばれた。

最近の茉奈はお絵描きが好きらしく、紙とペンをよく要求してくる。

「また一段と語彙が増えてきたよな」

「どんどんおしゃべりになるね」

衛士と茉奈が初対面を果たしてから一カ月が過ぎている。その間でも、こうして茉奈の成長を一緒に感じてくれるのはうれしい。

留守番している茉奈のことを想像し、がんばってパーティーを乗りきり、早く迎えに行こうと決意した。

ホテルの一番大きなホールを貸しきり、きらびやかな内装と色とりどりの女性参加者のドレスが会場を彩る。対する男性陣は、こういうとき似たような格好になりがちだが、衛士は周りに溶けることなく目を引く存在となっていた。洗練された容姿はもちろん、常に多くの参加者に囲まれている。

私はそんな彼の隣で静かに微笑み、自分の役割に徹していた。

「まさか杉井電産のご令嬢と結婚されていたなんて」

「留学前に？　お子さんまで？」

杉井電産の社長の娘としてそれなりに顔見知りが多く、同じ業界に籍を置いていると楽でもあり面倒でもあると感じる。

茉奈の存在を隠すつもりはないとあらかじめ衛士に言われていたが、私たちの結婚に妙な勘ぐりや興味を示す人がいてもおかしくない。ましてや私と衛士の取り合わせだ。

「いやぁ、杉井電産のご息女とラグエルジャパンのご子息とは。業界の未来は明るいね」

「うちの娘をどうかと朝霧社長に話したこともあったんだが、杉井電産の社長令嬢ならかなわないなぁ」

代わる代わる挨拶にやって来ては、談笑していく関係者にお礼を告げ、その都度似たような会話を繰り広げる。息つく暇もないのは私も衛士も同じだが、あくまでも私は衛士の添え物だ。

メインとなってゲストの相手をする衛士を横目に、父もこんな感じだったのかと考える。私は適度に会場から出て休んだりしていたが、会社を背負う父の立場ではそういうわけにはいかない。笑顔でいながらも、ひたすら気を張りつめていた。

私は衛士の横顔をちらりと見つめる。

私は彼の妻としてなにができるんだろう。衛士は私になにを望んでいるんだろう。

その疑問を今は口に出すことはできない。

主要なゲストへの挨拶は済ませ、ある程度声をかけてくる人の波が落ち着いてきたタイミングで、私は化粧室に足を運ぶためホールの外に出る。重厚な扉を一枚隔てた先は、中の賑わいが嘘のように人も少なく静かな空間だった。

こういう場は初めてではないにしろ、緊張も相まってさすがに疲れを感じる。

「あら、ご主人をひとりにしていいんですか？」

主語はないが自分にかけられたものだとすぐに気づく。声のした方を見ると、同年代かやや年上の女性が三人ほどこちらをちらちら見ていた。

「ご結婚おめでとうございます」

「驚きました。まさか朝霧さんが杉井電産の娘さんと結婚されるなんて」

口々に祝辞を述べられるが、あまり好意的な雰囲気は感じられない。どことなく値踏みするような視線を向けられるが、受け流す。

「杉井電産としては助かりましたね。ラグエルジャパンのうしろ盾は大きいでしょうから」

その発言に、残りの女性たちも顔を見合わせて笑いだした。

なるほど。私と衛士の結婚をおもしろく思わない女性は、一定数いるわけだ。状況から私たちの結婚は政略的なものでまとまったと思われているらしい。

同じ業界内、さらにはそれぞれ会社の代表取締役の子どもたちとなると、なにかしらの意思が働いていると考えるのが普通だろう。杉井電産のここ数年の業績不振は、業界内で知られるところになっている。

そこで、彼女たちのうちのひとりが『うちの娘をどうかと朝霧社長に話したこともあった』と言っていた人の娘さんだと気づいた。

「お子さんまでいらっしゃったんですね。やっぱり妊娠をきっかけに結婚されたのかしら？」

冷静に相手を観察していたら別の女性の発言が飛んできて、私は目を見張る。

「そうでもしないと朝霧さんが結婚なんてしないんじゃないですか？」

「お父様のために必死ですね。私にはとても真似できません」

私も、と同意の声とともに彼女たちは勝手に盛り上がり、ひそひそと顔を見合わせ笑っている。

私は彼女たちの方へ一歩踏み出し近づいた。それが予想外だったのか彼女たちは会話を止めて、訝しげにこちらを見てくる。

「なんですか？　みんな言ってますよ？」

仔犬がほえるように女性が噛みついてくるが、私はふっと微笑んだ。

「そうですね。でもせっかく彼と結婚できたので、これも縁ですから妻としても母としても精いっぱいがんばります」

私の返答に彼女たちは口をポカンと開けた。失礼します、と言おうとして背後に気配を感じる。

「妻がどうかしましたか？」

うしろから肩に手を置かれたのとその場に低い声が響いたのは、ほぼ同時だった。

そこには冷たさをはらんだ笑顔を貼りつけている衛士の姿がある。

突然の彼の登場に私はもちろん、女性たちもあからさまにうろたえだした。

「い、いいえ。奥様に結婚のお祝いを伝えていただけです」

「突然のお話だったので、どういった経緯でご結婚されたのか馴れ初めがお聞きしたくて」

たどたどしく言い訳する彼女たちに対し、衛士は私の肩を抱いたままさりげなく隣に移動した。

「経緯もなにも、ぼくのひと目惚れですよ。何度もプロポーズしてやっと彼女に結婚を承諾してもらえたんです」

そう言ってさらに彼の方に引き寄せられ、私は戸惑う。衛士は私と一度目を合わせると、彼女たちの方に視線を向けた。

「ですから、ほかにも勘違いしていらっしゃる〝皆さん〟に事実を伝えておいてください」

言い捨てて衛士に促される形で彼女たちに背を向ける。どことなく彼が不機嫌なのが伝わってきて話しかけられずにいたら、会場に戻ってあまり人目につかない端の方で衛士から口火を切った。

「みんなって誰だ、みんなって」

舌打ち交じりにつぶやいた彼の言葉に私は苦笑する。

『みんな言ってますよ？』

どうやら彼はあのセリフを聞いていたらしい。

「嫌な思いをさせたな」

打って変わって心配そうな面持ちで告げられ、私は慌てて首を横に振る。

「平気だよ。こちらこそ戻ってくるのが遅くなってごめんね」

あんなことは言われ慣れている。それこそ衛士と出会う前からだ。

社長令嬢という立場に対し、私も好き勝手言われてきた。好意的なものもあればそうではないものまで。いちいち気にしていたらきりがない。受け流すすべはもうとっくに身につけている。まさかこういうときに役に立つなんて。

私はつとめて明るく返す。

「衛士は魅力的だから、ある程度は覚悟しているよ。相変わらずモテるね」

私の切り返しに衛士はわずかに目を丸くして、うっとうしそうに前髪をかき上げた。

「俺自身じゃない。ラグエルジャパンの後継者って肩書きがいいだけだ」

「それだけじゃないよ。衛士は、見た目はもちろん中身だって素敵だから」

彼を本気で好きで、結婚したいと思う女性はきっとたくさんいる。だから、さっき最後に彼女たちに言い放った内容は本心だ。

「そう思ってくれるのは未亜だけでいい」

不意に返された言葉に私は目を瞬かせる。すると私をじっと見つめた衛士が、私の頬に指をすべらせた。続けておもむろに耳もとに唇を寄せられる。

「未亜だけでいいんだ」

まるで内緒話をするかのような体勢と低く甘いささやきに体が硬直する。瞬きも呼吸さえも止まりそうになった。

「衛士？」

そこで第三者の声が聞こえ、私の金縛りは解ける。衛士はすばやく私から離れると、声のした方に体を向けた。

「亜由美」

衛士の口から女性の名前が紡がれ、私は急いで彼の視線の先を追った。

「いたいた。奥様にも挨拶しようと思って探していたの」

ブルーの爽やかなドレスを身にまとい、ショートヘアの快活そうな女性が笑顔でこちらに寄ってくる。前髪を大きな髪飾りで斜めに留め、メイクの印象か甘さよりクールな雰囲気だ。しかし笑う顔は無邪気さを感じる。

「初めまして、中平亜由美です。彼とは幼い頃から家族ぐるみで付き合いがあって、父は『中平貿易』の代表をしているんです。このたびはご結婚おめでとうございます」

「あ、ありがとうございます。未亜と申します」

私は勢いに押される形で頭を下げた。

「未亜さんね。よろしく」

貿易会社ならラグエルジャパンと会社のつながりがあってもおかしくない。私は彼女とは初対面だが、どこかで見たことがあるような気がした。

失礼にならない程度に彼女をまじまじと見つめていると、亜由美さんは口を開く。

「衛士が結婚するなんて驚きました。ましてや恋愛結婚だっておばさまから聞かされて。絶対にそんなタイプじゃないのに。彼に不満があったら言ってくださいね。付き合いは長いので」

一気にまくし立てられ、そこで思い出す。彼女は衛士の実家を訪れたときに見せてもらったアルバムに登場していた。幼い頃から小学生くらいまでか。さすがにそれ以上成長すると一緒に写真を撮る機会は減ったようだが。

「今度はぜひ、お子さんに会わせてくださいね」

「もういいだろ。中平社長、探しているんじゃないのか？」

衛士が指摘すると、亜由美さんは慌ただしくその場を去っていった。

「綺麗な人だね」

正直な感想を漏らすと、衛士は面倒くさそうな顔になる。

「俺よりひとつ年上だからって、昔から姉貴面するんだ」

そう言って衛士は腕時計を確認する。そろそろパーティーがお開きになりそうな時間だった。

最後の挨拶回りを終え、パーティーは無事に終了した。私はパウダールームの鏡の前で、気の抜けたようなため息とともに肩を落とす。

あとは帰るだけだが、ここにきて疲労感が一気に押し寄せる。

ちらりとスマートホンを確認すると、陽子さんからメッセージと茉奈の写真が送られていた。【野菜もちゃんと全部食べました】の文面とともに、煮物だろうか大根と人参をフォークに突き刺して口に運んでいる茉奈が写っている。これが送られてきたのがおよそ二時間前。そして今【無事に寝ました】と送られてきた。

自然と笑みがこぼれ元気を取り戻す。今日は茉奈を迎えに行ったついでに陽子さんの家で泊まらせてもらおうかな。

「あら、未亜さん」

「亜由美さん」

スマートホンをバッグにしまったタイミングで亜由美さんが現れ、彼女はすぐに笑顔になった。

「お疲れさま。疲れたでしょ？　帰ったらゆっくり休んでね。って、お子さん小さいから難しいのかしら？」

「いいえ。今は叔母に預かってもらっているんですが、もう寝たみたいで」

ちょうど連絡があった旨を伝え、私はその場を去ろうとした。

「衛士はちゃんと子どもの面倒、見てくれるの？」

しかし亜由美さんは会話を続けるので私は足を止めて答える。
「ええ」
「そうなんだ。衛士は、子どもは絶対にいらないって昔からかたくなに言ってたから
ちょっと意外だわ」
さりげなく返された言葉に、私は目を瞬かせる。そんな私に亜由美さんはふっと
笑った。
「でも未亜さんが相手だからきっと別なのね。未亜さんと付き合いたくて衛士はすご
く無理してたから」
「無理？」
思わず私は聞き返す。さっきから彼女の発言が小さなとげみたいに胸に突き刺さっ
てくる。亜由美さんはわざとらしく両手を顔の前で合わせた。
「あ、ごめんなさい。未亜さんは悪くないのよ。衛士はよっぽどあなたと付き合いた
かったからか、好みじゃない印象派の美術書を読んだり、紅茶は好きじゃないのに、
あなたのためにおいしい紅茶のお店を探したり。まさに重要な取引を成功させるため
に相手に合わせるって感じだったけれど、恋って偉大ね」
今度こそ私は頭を殴られたような大きな衝撃を受ける。衛士に対してどれも知らな

い情報ばかりで、にわかに信じられない。

衛士は印象派が好きじゃない？　でも初めて会ったときは美術館で……。

違う。あのときから衛士は私が杉井電産の娘だと知っていた。出会いだって偶然じゃない。

『興味ってなに？　私を懐柔してラグエルジャパンの話に乗るよう父を説得しようとしたの？』

『正直、そういった下心がなったかと言えば嘘になる』

そのために私の情報を得て私の好みに合わせるのは、彼にとって造作もないはずだ。それこそ仕事と割りきれば……重要な取引相手だと思えば。

「そうそう、雨が降ってきたみたいだからお子さん、早く迎えに行った方がいいわ。衛士も体調大丈夫かしら」

「え？」

衛士の体調が悪いなんて聞いていない。つい声をあげてしまった私に、亜由美さんは苦笑しつつ手を横に振る。

「あ、たいしたことじゃないの。彼ね、気圧の関係か、昔から天気が崩れる日は調子がいまいち優れないみたいで。おかげで雨の日はいつも不機嫌でしかめ面よ。雨が嫌いみたい」

　気象病と呼ばれ、主に雨の日やその前に不調になる人を何人か知っている。まさか衛士がその体質だとは知らなかった。

『衛士は雨、嫌い？』

『雨が好きな人間なんているのか？』

　思い返すと、たしかに衛士は雨が好きではなかったし、雨の日はどことなく機嫌もよくなかった気がする。けれど私が言っていた雨の日だけに開いているカフェに付き合ってくれたし、新しい傘を差して雨の中をデートした記憶もある。

『私は好きだけどな』

　私が、雨が好きだって言ったから？

　あれこれ思い出し血の気が引いていく私を、亜由美さんは少しだけ憐れむような目で見つめてくる。

「衛士、あまり自分のことを話す性格じゃないから気を使ってあげてね。結婚願望ないし、朝食も取らず朝はコーヒー一杯で済ますのが普通だから体を壊すんじゃないかって、両親やラグエルジャパンの上層部は、私と結婚させようかなんて話していたくらいだもの」

脈拍が乱れて胸が軋む。私は唇を噛みしめ、なにも返せなかった。逆に亜由美さんは饒舌になっていく。

「幼なじみで衛士をよく理解しているのはもちろん、彼の初恋の相手は私だったから。衛士もまんざらじゃなかったみたい」

今、衛士が私と結婚して愛してくれているのは事実だ。彼だって恋のひとつやふたつしていてもおかしくない。わかっている……けれど。

私は、衛士の前なら素の自分でいられた。肩書きとか関係なく接してくれる彼に、自然と惹かれていった。

衛士も亜由美さんに対してそうだったの？

『父親同士が知り合いで家族ぐるみで付き合いのある幼なじみと結婚させようなんて話もあったらしい』

違う。今はそこを突きつめる場合じゃない。

もしかして亜由美さんの言う通り、出会ったときから衛士はずっと無理をしているの？　私のせいで彼に嘘をつかせているの？

否定したくてもできず、思い返すと逆にしっくりくることが多すぎる。

軽く会釈し、私はその場から逃げるように駆け出した。

世間一般では夏休みにあたるが学生や家族連れの姿はほぼなく、平日の美術館はいつも通り空いている。

今月末まで期間限定で開催されている印象派の企画展に、代休を利用してやっと足を運べた。空調の整った館内では外の暑さが嘘のようで、ひんやりとした空間の静けさが懐かしくホッと息をつく。

茉奈の保育園は、親が仕事が休みでも生活リズムを崩さないために登園させてほしいというスタンスだ。

午前中に父の病院に顔を出し、昼過ぎに私はひとりで美術館に来ていた。

パーティーの日から不自然に衛士を避けてしまっている。家に来ることもなんだかんだで理由をつけて断ってしまい、衛士のマンションにも行っていない。もうすぐ彼との新生活が始まるのに。

亜由美さんに言われた内容が、頭の中でずっと繰り返されて離れない。

私、衛士のことをなにも知らなかったのかも。

『あ、あの。あなたもこの絵を観たかったんじゃないですか?』

『そのつもりだったけれど、絵よりもそれを真剣に観ている君の方が気になったんだ。

もう十分観させてもらったよ』

衛士が私に声をかけてきたのは、杉井電産の娘と知っていたからとはいえ、あの場に彼がいたのはてっきり衛士も印象派の絵が好きだからだと思っていた。

でも、それさえ私に出会うきっかけのためだったのかもしれない。

衛士は美術史や画家に詳しく、衛士の実家を訪れて納得した。けれどあの階段のギャラリーに飾られている絵は、どれも印象派の作品ではなかった。絵に詳しい人の方が、好みがはっきりしている場合も多い。

それに実家では私にはわざわざ紅茶を出してもらったが、慶子さんは衛士には好みを聞かず、最初からコーヒーを用意していた。

そういえば朝食にパンケーキを焼いて出したとき、驚かれたけれどあれは内容以前の問題だったのかも。

思い出せば出すほど、亜由美さんの言葉が正しいんだって思い知らされる。

『未亜は俺と似ていて正反対だったから』

うん、でも無理して合わせる必要なんてなかったんだよ？

すぐに自分の考えを否定する。衛士を責めるのは間違っている。気づけなかったのは私だ。

彼には私が嘘をつくのが苦手なことも、泣くのを我慢する癖も全部見破られていたのに。私、自分のことばかりで衛士をちゃんと見ていなかった。見せてもらえていなかったんだ。衛士は私のどこに惹かれたの？　ずっと嘘をつかせていたのに、無理をさせていたのに。

彼の本音はどこにあるんだろう。あんな別れ方をしたから私に引け目を感じて、今もずっと偽っている部分もあるのかな？

衛士は茉奈のことをかわいがってくれているけれど、子どもが欲しくなかったなんて知らなかった。自分の子どもがいるって知って、本当はどんな気持ちだった？

疑心暗鬼が止まらない。絵に集中できず、結局私はじっくりと楽しめないまま美術館を後にした。

そのまま帰るのももったいない気がして、美術館の敷地内にあるベンチに私は腰を下ろした。ちょうど木陰になっていて、今は太陽が隠れているのもあり比較的過ごしやすい。

『幼なじみで衛士をよく理解しているのはもちろん、彼の初恋の相手は私だったから』

亜由美さんは衛士のことを私よりもよく知っているし、理解している。衛士も彼女の前でなら素でいられるんだろうな。

卑屈になりそうな思考を必死で振り払った。とにかく衛士と一度話すべきだ。

彼のよき妻にならないといけない。茉奈にとっていい母親にならないと。そのためには弱音なんて吐いていられない。

そのとき、手の甲にぽつりとなにか冷たいものがあたった気がした。え?と真上を見上げた瞬間、ザアアッと葉が揺れる音とともに勢いよく雨が降ってくる。

ゲリラ豪雨という言葉がまさにぴったりで、私は慌てて美術館の屋根のあるところまで足早で向かう。その間、数十秒にも満たなかったが、遠慮のない雨にさらされた私は、ハンカチ一枚ではどうしようもないほど髪も服も濡れてしまった。

ああ、やってしまった。

薄手のワンピースは肌に張りつき、体温を奪っていく。反射的に身震いする体をぎゅっと抱きしめた。

気づけば空は真っ暗だ。雷さえ落ちてきそうで、あまりの天気の変化に驚きつつ夏らしいなとぼーっと考える。

ひとまず美術館で傘を借りるか、近くのコンビニまで走って傘を買うか。茉奈の迎えもある。この状態で公共交通機関はしのびない……とはいえ、タクシーをつかまえられるかな。

あれこれ思索するも、最終的には己の愚かさにため息しか出てこない。

一変して辺りは暗くなり、強い雨で視界は遮られ、雨が地面を叩きつける音が逆に耳に心地よく感じた。気づけば周りには誰もいない。

まるで世界から取り残されたようだった。寂しさは感じない。もうそんな年齢でもないし、私もいい大人だ。

それなのに、どうしてか言い知れない感情が胸を覆って、涙腺を刺激する。

雨が好きだった。幼い頃、レインコートを着て母と手をつないで歩いたのを思い出す。わざと水たまりに入って遊ぶ私を母は優しく見守ってくれていた。

母が亡くなってからも雨の日は特別だった。お気に入りの傘やレインブーツを使える。美術館などの施設は空いている場合が多いし、雨の日限定のサービスを受けられるお店もある。ほら、いいことがいっぱいある。なにより雨の中なら泣いても気づかれない。全部雨が隠してくれる。衛士に別れを告げたあのときもそうだった。

「未亜」

雨の音に混じって、微かに聞こえた名前に反応する。

「衛士」

空を見ていた目線を落とし、私は目を見張った。傘を差してスーツ姿でこちらに駆け寄ってくる衛士の姿があったからだ。

「な、なんで？」

信じられない面持ちで彼を見つめていたら、衛士は「杉井社長に」と、やや声を張り上げる。

「連絡することがあって、そのときに聞いたんだ。……まったく。俺と一緒に来る約束じゃなかったか？」

最後はやや茶目っ気交じりに投げかけられたが、わずかに寂しそうな物言いに私は言葉に詰まった。なにも言えずにうつむいていると、さりげなく肩を抱かれる。

「ひとまず行こう。あっちに車を止めてある」

「い、いいよ！　車、濡れちゃう」

反射的に拒否するが、衛士は眉根を寄せた。

「そんなこと、どうでもいい」

「よくないよ」

弱々しく返すと衛士はややあきれた顔になった。

「いくら未亜が、雨が好きだとしてもこのままはまずいだろ」

冗談を含んだ切り返しだったが、そこで考えが別の角度に移る。

「衛士は、体調……大丈夫？」

弾かれたように勢いよく質問をすると、彼は目を丸くした。思わず私は彼から一歩下がる。

「亜由美さんに聞いたの……衛士は昔から雨の日は調子があまりよくないって」

そこで私は気になっていたことを口にする。

「本当は紅茶も……印象派の絵も好きじゃないんだよね？」

緊張で口内が渇き、声が震えた。衛士はなんて答えるんだろう。

「そうだよ。とくに雨は嫌いなんだ」

激しい雨音の中、凛とした衛士の声ははっきりと耳に届いた。思わず彼を見ると、衛士は嫌悪感を滲ませてわずかに濡れた前髪をかき上げる。

「濡れるし、車は混むし、気圧の影響で体調もあまり優れない。できれば外に出たくもない」

胸の奥が細い紐で絞められたように痛む。心臓が暴れだして、指先が震える。

それなら、彼はここにこうしているのも不快なはずだ。今までのやり取りだって全部……。

さすがにショックで涙がこぼれそうだ。

必死にこらえていると衛士がなにかを言いかける。次の瞬間、離れたはずの距離を縮められ、彼に左手を取られた。

「未亜が好きだから。未亜と一緒なら悪くない。そう思える」

真剣な面持ちで告げられ、私は硬直した。とっさに意味が理解できない。その代わりあっという間に視界が滲んでいった。

「……なにそれ」

上擦った声で短く返すと、衛士は切なげに顔をゆがめる。

「もう嘘はつかないって言っただろ。正直、紅茶も好きじゃなかった。印象派よりもどちらかといえば写実派が好みなんだ。けれど、そうやって凝り固まっている俺の好みを、全部未亜が変えていった」

そっと私の頬に触れた彼の指先は雨のせいか緊張しているのか、冷たく感じた。でも嫌だとは微塵も思わない。衛士は切羽詰まった表情で言葉を紡いでいく。

「どんな状況も前向きに捉えて自分の中で解決できる。そんな未亜がまぶしくて、それでいて全部ため込んで弱音を吐けない未亜が愛しくてたまらなかった」

足もとには衛士が持っていた傘が転がっているが、彼は気にせず私から視線を逸らさない。私も瞬きひとつせず、唇をきつく噛みしめ、彼を真っすぐに見すえた。

「未亜と別れて自分がいかにばかだったか思い知った。最初に未亜についた嘘のせいで今も未亜を不安にさせているなら、何度だって言葉にするし態度で示していく」

水分を含んだ髪や服の裾から、ポタポタと水が垂れて体温を奪っていく。

屋根があるとはいえ雨が風やコンクリートに打ちつける勢いで細かい霧のような水滴が肌にぶつかり、気がつけば衛士も濡れていた。

世界から自分たちだけ遮断されている感覚だ。衛士しか目に入らない。

「未亜が杉井電産の社長の娘とか、ラグエルジャパンとの取引とか関係ない。未亜自身に惹かれたんだ」

「……私も、私もだよ」

泣きそうになりながら、やっと返せたのはそれだけだった。

私も衛士自身を好きになった。彼の肩書きを知らなかったからだけじゃない。衛士と過ごして、彼に惹かれて今も衛士だけを求めている。

衛士は力強く私を抱きしめた。

「未亜が嫌だと言っても、もう二度と離さない。俺には未亜が必要なんだ」

濡れている私の髪を彼がなで、衛士のスーツを濡らしてしまうとわかっているのに、私は彼の背中に腕を回す。離れたくない。

「雨でよかった」

私を抱きしめたままつぶやかれた衛士の言葉に、ちらりと彼を見上げる。衛士は優しく微笑んでいた。

「雨だからこうして未亜を見つけられて、つかまえられたんだ」

緩やかに顔を近づけられ、唇を重ねられる。雨はまだやみそうになかった。

抱き合って少しだけ気持ちが落ち着いた頃、衛士は私をそっと解放し、次に彼はすばやく自分のジャケットを脱いで包み込むように私の肩にかけた。

どう見ても高級そうな代物で私は慌てる。

「いいよ、私より衛士が」

「いいから。おとなしく来るんだ」

放り投げた傘を拾い、彼はそのまま私の肩を抱いて歩き出す。急に強引な衛士の態度に戸惑いが隠せない。

もう濡れてしまった上着を今さら返しても遅い。私はかけられたジャケットの端をぎゅっと握り、おとなしく彼の車の助手席に乗り込んだ。

車の中との温度差にぞくりと身震いする。車を濡らすのを防ぐためにも、上着を渡されたのは正解かもしれない。とはいえシャツ一枚で衛士は大丈夫なんだろうか。チラリと運転席に目を遣る。

「心配しなくても、俺は未亜と違って直接降られていない」

こちらの言いたいことはお見通しらしい。衛士は私を一瞥してすぐに前を向く。

「それに、そんな目に毒な格好であれ以上、あそこにいさせられない」

どういう意味なのかと改めて自分の服装を確認する。そこで私は目をむいた。淡い色のワンピースは肌に張りつき、下着の線や柄までくっきりと透けている。

「わっ！」

隠すように衛士のジャケットを前で合わせて身を縮めた。

「ご、ごめん。見苦しいものを……」

彼の顔が見られないままその場で小さく謝罪する。居たたまれなさが増す一方だ。

「そういう話じゃない。無防備な未亜を誰にも見られたくないんだ」

ところが続けられた内容に、私は彼を二度見した。固まっている私に、信号で止まった衛士がこちらを向く。

「俺の前だけにしてくれ。じゃないと、閉じ込めるぞ」

いつもの冗談だと応戦する形で返そうとしたが、どこか真剣味を帯びた彼の声に肩をすくめた。

「気をつけ……ます」

するとと隣から手が伸びて頭をなでられる。余裕たっぷりの横顔に胸が高鳴った。そして私は言えていなかった言葉を思い出す。

「ありがとう、衛士。迎えに来てくれて」

「未亜のためならどこにでも行くさ」

間髪を入れずに、今度は幾分か軽い口調で返事がある。

「大事な奥さんを迎えに行くのは夫の役目だ」

彼の答えに私も自然と笑顔になった。

距離的に近い衛士のマンションへと向かった。今日の仕事はもう大丈夫らしい。

足早で玄関にたどり着き、先に衛士が部屋に上がってタオルを取りに行く。ややあってネクタイをはずした衛士がふかふかのタオルを持ってきた。頭にかぶせられ、ホッと息を吐く。ここに泊まったり、引っ越しの荷物などをある程度運んでいるので私の着替えも置いてある。

「今、風呂を沸かしてる」

「あ、大丈夫。着替えてこのまま茉奈の迎えに行くから」

私の返事に衛士は眉をつり上げた。

ここからタクシーで保育園に向かうことなどを逆算したら、ゆっくりお風呂に入っている時間はなさそうだ。道も混んでいるかもしれないし、さっさと着替えなくては。

「衛士こそ、ゆっくり温まって。あ、その前に洗面所を借り、きゃっ！」

最後まで言えなかったのは、突然衛士が私の膝下に腕を回し、ひょいっと抱きかかえたからだ。脱ぎかけの湿った靴が玄関に転がり、反射的に落ちないよう私は彼にしがみつく。

この体勢のせいで密着した部分からまた衛士が濡れてしまう。向かった先は予想通りバスルームで、彼はゆっくりと私を下ろした。

「衛士、私は」

そこできちんと説明しようとしたが慌てて口をつぐむ。彼がどこかに電話をかけていたからだ。さっきから衛士の行動の意図が読めない。

「母さん？　突然だけれど茉奈の迎えに行ってほしいんだ。ちょっと未亜が迎えに行くのが難しそうで……。ああ。その後、実家で見ていてくれないか？」

「え、衛士！」

勝手に話を進める衛士に思わず抗議の声をあげる。すると衛士はなにを思ったのか私にスマートホンを差し出してきた。ためらったのもつかの間、このままにしておけず私は電話を受け取る。相手はわかっている、慶子さんだ。

「あの、慶子さん」

『未亜ちゃん？　頼ってくれてうれしいわ。茉奈ちゃんともっと過ごしたかったの。茉奈ちゃんは何組さんだったかしら？』

先に質問されてしまい、私はおとなしく答える。慶子さんはすっかり迎えに行く気になっていた。

『心配しないでね。私もこれでも子育て経験者なんだから。なにかあったら衛士に連絡するわね』

「す、すみません」

謝罪の言葉を伝えると、電話の向こう側で慶子さんが苦笑したのが伝わってきた。

『謝らないで。未亜ちゃんが全部背負うことないのよ。なんなら今度は衛士を行かせたらいいわ』

そう言って茉奈に関することをいくつか尋ねられ、電話は切れた。私は自分のスマートホンで保育園に祖母が迎えに行く旨を連絡する。

電話を切り、急ぐ必要がなくなって安堵した反面、言い知れぬ罪悪感に襲われた。

「いいのかな。慶子さんに急に頼んじゃって……茉奈だって」

「未亜が風邪をひいたらみんな心配するし茉奈だって困る。もっと自分を大切にしろ」

煮えきらない私に衛士が厳しめの口調で告げてきた。……たしかに、彼の言う通りかもしれない。

「うん、ごめんね」

「謝らなくていい。未亜がいつも一生懸命なのはわかっている。ひとりでなんでも解決しようとするのも。だからそんな未亜を甘やかすのが俺の役割だって思ってる」

そんな義務的に感じなくても、と思ったが衛士はふっと笑みをこぼした。

「いや、役割じゃなく特権だな」

特権は言いすぎだ。でも心が軽くなる。お礼を言おうとしたが、その前に小さくくしゃみをしてしまった。

「ほら、とにかく温まってこい」

さりげなく衛士が私のワンピースのボタンをはずしにかかるが、素直に受け入れられない。

「でも、衛士だってそんな薄着で」

「俺はたいして濡れてないって言っただろ」

彼が言い終えたのとほぼ同時に、私は衛士の唇に自分の唇を押しあてた。

「嘘。衛士も冷えてるよ」

至近距離でつぶやき、彼に訴えかける。そっと頬に触れるとやはり彼も冷えていた。

「未亜だって」

「んっ」

お返しと言わんばかりに今度は衛士から口づけられる。私からのキスよりも長くて甘い。

一度唇が離れ、切ない気持ちで彼を見た。すると衛士は私の腰に回していた腕に力を込め、子どものように私を抱き上げた。

両足が宙に浮き、衛士が大股で数歩移動する。次の瞬間、私はまだお湯が半分にも満たないバスタブの中に下ろされた。温度差の関係かお湯が熱湯みたいに感じて身をよじる。しかし衛士に手を引かれ、彼と向き合う形でその場に腰を下ろした。浸かった指先がじんじんと熱い。

中途半端にお湯がたまったバスタブの中、大人ふたりが服を着たまま向かい合わせで座っている。なんとも妙な状況に私は目を瞬かせた。

「まったく、強情だな、未亜は」

あきれた口調の衛士は、私の頬をなで不敵に笑った。

「そんなに俺と一緒に入りたかったのか？」

「……うん」

ところが私の回答に衛士は狐につままれた顔になる。私は濡れた衛士のシャツをぎゅっと掴んだ。

「衛士が風邪をひいてもみんな心配するよ。私だって……」

そこで言いよどんでしまったものの私は声を振り絞る。

「衛士が大切で……大好きだから、そばにいてほしい」

言い終えた途端、彼に強く抱きしめられる。水面が跳ね、勢いよくたまっていくお湯の音が耳についた。

「わかった。なら脱がしてあげるよ、奥さん」

発言の内容がとっさに理解できない。思考が停止しそうなほど魅惑的な声でささやかれ、耳が熱を帯びる。そして衛士の右手が再び私のワンピースのボタンにかけられたことで、彼の意図を理解した。

「わっ、いいいって。あっ」

抵抗しようとしたが左腕は腰に回され、首筋に顔をうずめられる。生温かい感触に寒さではない理由で身震いした。

「や、だ。いや」

「相変わらず、弱い？」

たしかめるように彼の舌が丁寧に肌の上をすべっていく。ざらりとした感触は独特で、吐息と合わさって刺激され胸が苦しくなる。その間も衛士は右手だけで器用にワンピースの前のボタンをはずしていった。

すっかり前の部分ははだけ、浮力で水面に浮きそうになる裾を押さえたものの、ほぼ無意味だ。かろうじて肩にひっかかっている部分で体裁を保っていたけれど、それも衛士の手により、なでるようにして服をはぎ取られていく。

「待っ、て」

「遠慮しなくていい。未亜を脱がせるのは慣れてる」

その言葉に顔が熱くなった。どうしていつも衛士ばかり余裕なんだろう。けれど付き合っていたときからそうだった。結局、彼には逆らえない。

下着姿をさらすはめになってしまったが、恥じらう暇をこちらに与えることなく衛士はさっさとそれらにも手をかける。

私は観念して彼にされるがままになった。彼の手が肌をすべって下着が脱がされるのを、極力なにも考えないようにして受け入れる。

本能的に肌に張りつく不快感を取り除きたいのもあった。その証拠に身ひとつになって体が軽くなり、ホッと息を吐く。

衛士は脱がせた私の服をバスタブの横にまとめていた。存分に水分を含んだ生地は変色し、お湯の中とは反対に重さを主張している。

気づけば衛士はまだ服を着ていて、私だけがなにも身にまとっていない状態になっていた。それが羞恥心を増幅させ、とっさに距離を取ろうと彼から離れようと試みる。

ところが逆に衛士に腕を引かれ引き寄せられた。

水面が波立ち、勢いでバスタブにぶつかったお湯が音を立てる。衛士は逃がさないと言わんばかりに私の腰に腕を回し、私たちはすぐそばで向き合う姿勢になった。彼の射貫くような視線に耐えられず、わざとうつむく。

そんな私の頬を衛士の濡れた手が優しくなでた。

「相変わらずかわいいな、未亜は」

「か、からかわないで」

衛士の顔が見えないまま抗議する。すると彼は、私の頬に触れたまま軽く唇を重ねてきた。

「からかっていない。未亜を脱がせるのも、こんな無防備な姿を見られるのも俺だけなんだろ」

その通りなのだが、素直に肯定するにはなんとも言えない内容だ。けれど私は衛士の目を見つめ、思いきって自分から口づけた。

「衛士だけだよ。出会ったときからずっと」

それは彼が告げた内容だけじゃない。こんなに好きになったのも、そばにいてほしいと願うのも、愛されていると感じるのも。

「……衛士は？　その、亜由美さんが好きだったんだよね？」

おそるおそる尋ねると彼は目を白黒させる。

「幼い頃から知っているけれど、亜由美は姉みたいな存在で異性として意識したことは一度もない」

はっきりと言いきる衛士に思わず反論しそうになったが、その前に彼に口づけられる。唇が離れ、衛士は切なげに顔をゆがめる。

「俺も未亜だけだ」

そのひと言に衛士の想いが詰まっている気がして、不安は吹き飛び胸が熱くなる。

言うや否や再び唇が重ねられ、甘い口づけが始まった。

温もりを確かめるように上唇と下唇をそれぞれやわらかく食まれ、音を立て幾度となく吸われる。

「未亜を愛している」

「……うん」

キスの合間にささやかれるが、私は短く返すしかできない。私の返事を受けてなのか衛士は求めるようにキスは激しくなっていく。

「ふっ」

ぎこちなく自分の舌も絡めて応じるが、どこまでいってもキスの主導権は衛士にあった。くまなく口内を蹂躙され、唾液の混ざり合う音と火照った吐息が思考力を奪っていく。

溺れるのが怖くて無意識に衛士の首に腕を回したら、彼は私を抱え直してより密着する体勢になった。

「んっ……んん」

彼の大きな手のひらが体の至るところに這わされ、背筋がぞくりと震える。熱いのか寒いのかよくわからない。

名残惜しく唇が離され、私は衛士にもたれかかる形で抱きついた。肩で息をする私の頭を衛士は優しくなでる。

「暑、い」

「それはよかった」

独り言にも似たつぶやきには返事があった。湿った前髪をかき上げられ、額に口づけを落とされる。

「そもそも、なんで私だけ……」

今の自分と衛士の格好を思い出す。不満を口にしたらキスで唇を塞がれた。そして衛士は余裕たっぷりに微笑む。

「だったら今度は未亜が俺を脱がせばいい」

彼の口から発せられた提案に目が点になる。からかわれているのかと思ったが、衛士は私の右手を取ると、彼のシャツのボタンのところに持っていった。

「どうする？　さっきから水を含んで重たいんだ」

今さらの不満に私は唇を尖らせる。お湯はすっかりたまったが、服を着たままだと出るときに体温を奪われ、意味がない。

もとはといえば、私のせいでこうなったわけだし……。

一度唾を飲み込み、私はそろそろと指先に力を込めて彼のシャツを脱がしにかかる。息遣いさえ感じそうな距離で、衛士からの視線を感じるが気づかないふりをしてボタンをはずすことに意識を集中させた。

思った以上に苦戦していると、突然衛士が耳たぶに唇を寄せた。

「な、なに？」

完全に油断していた私は慌てて顔を上げ、耳を手で覆う。不意打ちもいいところだ。

衛士はくっくと喉を鳴らして笑っている。

「あまりにも真剣な未亜がかわいくて」

まさかそんな答えが返ってくると思わなかったので面食らう。もしかして私、真面目にやりすぎていた？

「え、衛士が言ったからでしょ。本当に脱がしてほしいの？」

訝しげに尋ねると衛士はこつんと額を重ねてきた。

「もちろん。いつも俺が脱がすばかりだったから。未亜が脱がせてくれるのを見てみたくなったんだ」

「なっ」

それは、やはり物理的に脱がしてほしいという意味ではないのでは？

その証拠に、あぜんとする私の前で衛士はさっさとシャツを脱ぎ捨てる。真正面から抱きしめられ、じかに肌同士が触れ合い鼓動が速くなった。

「も、もう温まったから出よう」

逃げ出したい衝動に駆られ切り出したが、衛士は私を抱きしめる力を緩めず、片方の手でゆるゆると私の胸に触れ始めた。

「あっ」

「その前に未亜を存分に気持ちよくしたい」

耳もとでささやかれ、そのままねっとりと耳の縁をなめられる。電流が走ったみたいに体が痺れ、思わず声が漏れた。

「や、だ。もう出る」

衛士の手を離そうと手首を掴んで力を入れるがびくともしない。それどころか手に指を絡めて握られ、余計に彼から逃げられなくなる。

「この状況で、ここで終われない」

切羽詰まった声で訴えかけられ見ると、彼の表情は切なげで瞳は情欲の色で滲んでいる。その目に真っすぐに見つめられ、私は金縛りにあったように動けなくなった。

「未亜は？　本気でやめてほしいのか？」

頬をなでながらやるせなさそうに尋ねられ、私は目線を落とした。

「だって……」

それ以上、続けられない。ここで衛士を受け入れられないのは、物理的な問題じゃない。私の心の奥底にある感情が歯止めをかけている。それをどう言葉で表していいのかしばらく悩んだ。

「……衛士の全部が欲しいって言ったらくれるの？」

口にして自覚する。私、まだ怖いんだ。

衛士と向き合って想いを伝え合ったつもりだったけれど、亜由美さんから言われた件もあって、心のどこかでまた自分を守ろうとしている。

私は本当の衛士を全然知らないんじゃないか、無理をさせて彼をまた失ってしまうかもしれないという不安からだ。

「あげるよ」

心の靄を晴らすような凛とした声が響く。衛士はしっかりと私と目を合わせた。

「未亜にならなんでも差し出す。その代わり、なにがあってももう手放さない。俺も未亜のすべてをもらう」

彼の瞳はけっして揺れない。唇が触れ合いそうな距離になり、私の視界には衛士しか映らなくなる。

「未亜の不安も弱いところも全部受け止める。だからなにも心配せず俺に堕ちてこい」

そっと口づけられ、瞬きを我慢していた私は目を閉じる。目尻から涙がこぼれそうだ。

「愛している、誰よりも」

「うん……うん。私も」

きっとこれからも私はひとりで抱え込んでしまうときがあるかもしれない。もう性分だ。でも衛士になら私の弱さをさらせる。受け止めてくれる。

ずっと一緒に歩いていってくれる。

今度は私から思いきって衛士に密着し、口づけた。冷たかった体も心も彼の手で温められて満たされていく。

のぼせ上がった体にはベッドのひんやりとしたシーツが心地いい。

「大丈夫か？」

私の髪先をいじりながら衛士が心配そうに尋ねてきた。

彼に抱きしめられたまま小さくうなずく。

「うん」

正直、まだ体に熱がこもっていて頭がぼーっとしている。長湯だけが原因ではないのは明白だ。あのまま彼にたっぷり愛されるとは思ってもみなかった。衛士は上半身裸のままだが、私は彼のシャツを一枚拝借し羽織っている。

「衛士は、なんで結婚したくなかったの？」

突然の私の質問に衛士の手が止まる。

亜由美さんに聞いて、と付け加えると彼の顔はわずかに苦々しいものになった。

「自分みたいな人生を背負わせたくなかったんだ。未亜と出会う前の俺は、ラグエルジャパンを継ぐことを父親に決められているものだと思っていた。やさぐれていたんだよ」

子どもができたら衛士と同じようにラグエルジャパンを継ぐことを求められる。そんなふうに考えて、衛士は子どもはおろか結婚さえまったく願望はなかったらしい。

「でも未亜と出会って、俺は変わったんだ。自分の置かれた状況をもっと前向きに考えようと思えた。なにもかも本当に父親や周りに強制されたものなのか、自分の意思はどこにあるのかって考えるようになって」

「うん。この前も思った。今の衛士は自分の意思でラグエルジャパンを継いで守っていこうって気持ちがすごく伝わってくる」

だから父も衛士に杉井電産を任せようと決意したのだろう。

「正直、自分の子どもがこんなにかわいいものだと思いもしなかった」

それは私も同じだ。血を分けた茉奈の存在が、こんなにも愛しいとは想像もできなかった。ふと衛士と目が合うと彼は穏やかに微笑む。

「未亜との娘だからな」

見惚れていると、緩やかに顔を近づけられ唇が重ねられる。優しい口づけに心が満たされていき、好きという気持ちがあふれだしそうだ。

「そうだね。大好きな相手との子どもだもの」

目を細めて同意したら、再び衛士にすばやく口づけられる。

今度はどこか余裕のないキスで、唇の間を舌でなぞられたかと思うと衛士の舌はあっさりと私の口内に侵入し、巧みに翻弄しては快楽を与えていく。

「んっ……うん」

応えようとするけれど、漏れる声もすべて奪われそうな口づけになにも考えられなくなる。バスルームでの余韻も合わさり、燻っていた熱がじわじわと体中に広がり始めていった。

ところがキスをしながら衛士の手が私のシャツのボタンをはずしにかかっていることに気づき、わずかに動揺する。彼の手を止めようとしたら口づけは中断された。

「まだ暑いなら未亜も脱いだらいい」

熱っぽく伝えられるが、どう考えても純粋な気遣いだけで言っているわけではなさそうだ
「待っ、て」

「待たない」

私のか細い制止の声を振りきり、衛士は手を止めないまま私の首筋に口づけた。瞬間的に鳥肌が立ち、体の力が抜ける。

その隙に手早くシャツを脱がされ、強く抱きしめられた。肌同士が触れ合う心地よさに安堵する間もなく、彼に倒されベッドに背中を預ける形になる。

「未亜」

密着したまま耳もとで甘くささやかれ、身をよじりそうになるが衛士に覆いかぶさられている状態なので抵抗できない。さらに耳たぶに口づけられ、背中が浮き上がりそうになった。

「やっ」

「相変わらず、弱いな」

満足そうにつぶやき、衛士は私の左頬に触れそっとなでる。それと同時にまた唇で耳を刺激し始めた。

「や、だ」

「嫌？　本当に？」

わざと息を吹きかけられ、ねっとりと耳の輪郭をなめられる。悲鳴にも似た声をあげてしまったが、衛士は気に留めずやわらかく耳を食み、舌先を這わしていく。

顔を動かそうにも添えられた衛士の手が許してくれない。もう片方の空いている手は胸もとへすべり、ゆるやかに膨らみを攻め立てていった。

その触り方も絶妙で、もどかしささえ感じてしまう。どこに神経を集中させればいいのかわからず、脱いだはずなのに体が火照って苦しい。

「衛、士」

涙腺が緩み、助けを求めるように彼の名前を呼ぶと、衛士はゆっくりと顔を上げた。

「も、これ、以上は」

至近距離で私を見下ろす彼に、切れ切れに訴えかける。衛士は不敵な笑みを浮かべ、私の頬を大事そうになでた。

「これ以上したらどうなる？　俺はもっと乱れる未亜が見たいんだ」

湿り気を帯びた前髪から覗く衛士の目は、劣情に揺れて吸い込まれそうだ。視線を逸らせず、つかまった私はなにも言えなくなる。代わりに目尻にたまった涙がこぼれ落ちそうになるが、衛士の舌がすぐさまなめ取った。

「未亜が好きだ」

切なげな表情で想いをストレートに伝えられ、衛士の表情が、声が私の心を捉えて離さない。

思いきって私は自分から彼に口づけた。どんな言葉で伝えたらいいのかわからなくてもどかしい。けれど私も同じ気持ちだってわかってほしいから。

たどたどしく舌を差し出し、すべてを彼に委ねる。愛されていると十分に実感できるほど、心も体も衛士で満たされていった。


衛士に抱きしめられながら余韻に浸っていると、そばにおいてあった衛士のスマートホンが音を立てる。

どうやら慶子さんかららしく、添付している茉奈の写真を見せてくれた。

帰宅した朝霧社長の膝の上にちょこんと座り、絵本を読んでもらっている。

「なかなかレアな写真だな」

「慶子さんも茉奈というよりこの光景を送りたかったんだろうね」

衛士と顔を見合わせ笑顔になる。

「そろそろ茉奈を迎えに行く？」

「そうだな」

ところがベッドから出ようとすると衛士に抱きしめられる。

「未亜、ありがとう。こんなにも俺に幸せを運んできてくれて」

それはこちらのセリフだ。

衛士が私にたくさんのかけがえのないものを与えてくれた。

腕の力が緩み視線が交わると、どちらからともなく唇を重ねる。

どうやら雨はもうやんでいるらしい。今度は親子三人で虹を見られたらいいな。

衛士と別れたときには想像もしていなかった幸せな未来がすぐそばにある。

あと少しだけと言い聞かせて、彼から与えられる口づけに身を委ねた。

番外編　雨上がりに誓う永遠の愛　衛士Side

激しい雨音に起こされる。時間を確認するとまだ真夜中で、隣で眠る未亜はまったく起きる気配がない。

それどころか、うっすらと笑みを浮かべ幸せそうな顔をしている。

その寝顔があまりにもかわいらしく俺は静かに彼女に口づけた。

続けて隣の子ども用ベッドを確認すると、茉奈もよく眠っている。

体勢を戻し未亜を改めて自分の腕の中に閉じ込めた。彼女のあどけない寝顔は、出会った頃から変わらない。

かく言う自分は未亜に会って大きく変わった。

＊　＊　＊

父親はアメリカに本社を置く大手電気製品メーカーで長年勤め、日本法人を立ち上げ代表取締役となった。世襲制ではないはずだが、俺は生まれたときから勝手に父の後を継ぐことが既定路線だった。

もともと要領はいい方で、与えられた環境に恵まれていたこともあり、勉強も運動も人間関係さえ特段苦労した覚えはない。優秀だと褒められても、ふた言めには『さすが次期社長だ』『お父さんの後を立派に継げるね』がお決まり文句だった。それをいちいちおもしろくないとふて腐れるほど、子どもでも感情的でもない。うまくやり過ごす術だけが身についていく。

逆に言えば、なにかに無我夢中になったり、なりふりかまわず真剣になった記憶もほぼなく、我ながら打算的で冷めた人間だった。

アメリカに留学し、本体のラグエルに出入りしつつ一年ほど日本に帰国することになった。この後予定している新規事業の準備のためだ。つかの間のバカンスとでも思えばいいのか、次にアメリカに渡るときは、ラグエルジャパンの後継者として本腰を入れないとならない。

マンションを用意したのは実家とほどよい距離を取りたかったからだ。父は俺に対し、息子というより後継者として厳しく接していたのもあった。

「杉井電産の社長は、なかなか強情だな。もったいない」

ある日、父と役員の何名かと食事をする機会があったとき、杉井電産の話題が上がった。

「あんなに素晴らしい技術があるのに、取引先は昔から付き合いのある国内企業のみ。他社と提携して事業を拡大することもしないらしい」

「義理堅いとでもいうのか」

何年も前から業務提携の話を持ちかけているにもかかわらず、杉井社長はけっして首を縦に振らないらしい。よくも悪くもワンマンで、昔からのやり方を踏襲し続けている。しかし今の時代にそのやり方では先細りするだけだ。それがわからないほど愚かではないだろう。

「なんとか別の方法を考えるか。たとえば奥様の方から先に説得するとか」

名案だと言わんばかりの提案に、ほかの役員の面持ちが沈む。

「奥方は十年以上前に亡くなっているらしい。娘さんがひとりいるそうだ」

「なら、娘さん経由でアプローチか」

冗談交じりの切り返しがあったところで杉井電産に関する話題は終了した。その後はあっさり別の話になったが、どういうわけか、最後のやり取りが俺の頭を離れない。

杉井電産の娘経由でアプローチ、か。

あながち非現実的ではないかもしれない。

自分と同じく社長の子どもとして生まれ、彼女も不自由な人生を送っている可能性もある。いや、むしろ俺とは違って後継者としての重圧などなく、社長令嬢の立場を謳歌しているのか。そういった女性も多く見てきた。彼女がどんな人間なのかはこの際関係ない。

うまくいけば父に対して株を上げられるし、ラグエルジャパンにとっても悪い話じゃない。どちらにせよ暇つぶしにはちょうどいい。

相変わらず、自分は利己的だと思った。

〝杉井未亜〟〝二十三歳〟

同じ業界に身を置く者同士、杉井社長の娘である彼女の情報はすぐに用意できた。

杉井電産の本社に勤務し、趣味は絵画鑑賞。このパターンは見飽きた。父親のコネで就職し、社長令嬢として掲げるのにはぴったりの趣味だ。どうやら彼女も、親が立場のある人間というその他大勢の女性と同じらしい。

ただ、年齢のわりにはどこかあどけなさの残る彼女の写真を見て、実物はどんな感じだろうかと少しだけ会うのが楽しみになる。

期間限定の印象派展を訪れたのは、未亜と共通の話題を用意するためだった。

芸術を楽しむのは一種のステイタスだ。アメリカにいる頃も好きな音楽家や画家について尋ねられる機会は多く、それなりの地位でいるからには、教養と知識は必要になる。彼女もおそらくそうなのだろう。必要に迫られてとでもいうのか。

正直、絵画に関して印象派はあまり好みではない。けれど、これも仕事だと思えば相手に合わせるのは当然だ。

そして、なにかの巡り合わせなのか残暑厳しい九月、美術館を訪れた際に未亜を見つけた。予想とは違い、彼女はじっくりと絵を眺めていた。一つひとつの作品に向き合い、その世界を楽しんでいる。写真でしか見たことがない彼女は想像以上に綺麗だった。

いざ本人を前にするとなんて声をかけるべきなのか迷う。正直、自分から女性に声をかけた経験はほとんどない。いつも向こうから近づいてくるのが当然だった。

しばらくして、ある絵画の前で動かない未亜にゆっくりと近づく。絵に向ける優しい眼差し、その目をこちらにも向けてほしくなる。

「その絵が好き？」

あれこれ悩んだわりに、気づけばごく自然に未亜に話しかけていた。未亜にとっては完全な不意打ちだったらしい。大きな目をまん丸くさせこちらを見た。

「あまりにも長い間、釘付けになっているから、つい」

「ご、ごめんなさい。ご覧になりますか？」

未亜は自分が邪魔になっていると思ったらしく、慌ててそこから一歩下がろうとした。その際、勢いあまってバランスを崩しそうになる彼女の腕をとっさにつかんで支える。

「す、すみません」

「いや、こちらこそ熱心に観ているのを邪魔したな」

続けて、未亜の口から母親が亡くなったことや、その母親が好きだった絵だという説明があった。それを聞いてなんだか自分が悪いことをした気になる。

本当に彼女は純粋に絵を楽しむためにここにやって来たらしい。

俺が話しかけたせいか、遠慮して立ち去ろうとする未亜の腕をとっさに取る。

「なら、じっくり観ていたらいい。俺はもう行くから」

ここは一度引くべきだ。そう思ってその場を離れようとしたら、今度は彼女から声をかけられる。

「あ、あの。あなたもこの絵を観たかったんじゃないですか？」

彼女にとってあくまで俺は、美術館を楽しむためにやって来た客だという認識だった。未亜には、これをきっかけに親しくなろうとする邪な気持ちは微塵もない。それが新鮮だった。だから俺も変に取り繕わず素直な気持ちを口にする。

「そのつもりだったけれど、絵よりもそれを真剣に観ている君の方が気になったんだ。もう十分観させてもらったよ」

そこで沈黙が走る。ファーストコンタクトには成功した。これを契機にもう少し彼女と距離を縮めて、自分の計画を実行するべきだ。

その一方でこれ以上、ここで彼女の邪魔をするべきではないと訴えかけている自分もいる。けれど妙な名残惜しさが、俺に口火を切らせた。

「先に閉まった隣のギャラリーはもう観た？」

「あ、いいえ」

不思議そうな面持ちをする未亜に事情を説明する。

「この作家のほかの作品が飾ってあるんだ」

「え、それは観たかったです」

残念そうな顔をする未亜は、予想通りの反応だった。また来週にでも改めて観に来るつもりだと話す彼女は、根っからの絵画好きらしい。

「なら来週、またここで会えるかな？」

狙ったわけでも、計算したわけでもない。ただ純粋にもう一度未亜に会いたいと思えた。いつもならこんなまどろっこしい誘い方はしないが、下手に彼女に警戒されたくないのもあった。戸惑う未亜にさらに俺は質問する。

「名前は？」

「……杉井未亜です」

ああ、知っている。けれど彼女の口からきちんと聞きたかった。対する俺は、ここで身の振り方を一瞬、迷った。

「俺は……高野、衛士。君さえよかったら来週、午後二時にこの場所で」

悩んだ末、俺は朝霧ではなく、母の旧姓である〝高野〟と未亜に名乗った。朝霧という比較的珍しい名字を告げたら、彼女がこちらの正体に気づくと危惧したからだ。

計画を遂行させるためだけじゃない。未亜との出会いを、お互いの親の立場など関係なく考えたかった。

来週、彼女は再びここを訪れるだろうか。また出会えるだろうか。こんな不確実なやり方は自分らしくない。けれど、どこかで未亜との縁を信じてみたくなったんだ。

翌週、無事に美術館で未亜と再会し、やっと連絡先を交換する仲になった。あまり好みではない印象派についてあれこれ調べて知識を増やしたのは、未亜の気を引きたかったというより彼女に喜んでもらいたかったからだ。

未亜が笑うとなんだかこちらも温かい気持ちになる。下心がないわけでも、彼女に近づいた理由を忘れたわけでもない。ただ、そんなことを忘れるほど未亜のそばにいるのは心地よかった。

何度か未亜と会う仲になって、とことん彼女と俺の好みは正反対だと感じる。

「このお店、紅茶がおいしいんです。私、紅茶が大好きで自分でもよく淹れるんですけれど、ここみたいな味はなかなか出せなくて」

子どもみたいにはしゃぎながら力強く説明する未亜に苦笑する。実は紅茶は好きじゃない。昔、飲んだときに口に合わずそれからはコーヒー一択だ。アメリカでもコーヒーが主流なのもあり紅茶を飲む機会はあまりない。あっても、いつもなら好きではないとはっきり告げてコーヒーにするのだが、このときは未亜の勢いに圧されたのもあった。なにより、そこまで彼女が好きだというものに興味もある。

紅茶を飲むのは何年ぶりか、運ばれてきたティーカップからは湯気が立ち、いい香りが漂っている。

カップを持ち、透き通った赤橙色の液体をひと口含む。

「うまいな」

お世辞ではなく、本気で驚く。紅茶はコーヒーに比べると味が薄く物足りない印象だったのに、これは鼻に抜ける香りと舌の上に広がる味が絶妙だ。

「ですよね？」

思わず漏れた感想に、間髪を入れず未亜の声が飛んだ。正面に座る未亜は満面の笑みを浮かべている。

「よかったです。高野さんが気に入ってくださって」

その笑顔にすべてを持っていかれる。未亜は好みを押しつけたかったわけではなく、相手に喜んでほしくて一生懸命なんだ。このカフェも俺のために……。

「未亜ちゃん？」

不意に自分たちのテーブルに声がかかる。

視線をそちらに向けると、若い男性が未亜のそばにやって来た。その距離は近く、態度もやけに馴れ馴れしい。

「今日はこんなところでどうしたの？　また会おうって誘ったのにいいお返事をもらえないなと思っていたら、違う男と楽しそうにお茶して」

未亜は顔面蒼白で立ち上がった。対する男はこちらを蔑むかのような目で見てくる。

「彼ともお父様に言われて？」

「ち、違います。父は関係ありません。あの、すみません。父を通してお断りした通り、もうふたりでお会いすることは……」

即座に強く否定した未亜だが、徐々に言いよどんでいく。そこでなんとなく事情を察した。おそらく彼は、未亜が父親に言われて紹介されたか、見合いでもした相手なのだろう。しかし結果はうまくいかなったようだ。

同性としても嫌みったらしいこの男にまったく好感が持てない。

「ひどいな。彼はどこかいいところの社長の息子なのかい？　じゃないと、ふたりで会ったりしないよね。お父様の言いなりの未亜ちゃんの基準はそこだから」

振られた腹いせか、男の言葉を未亜はなにも言わずにうつむき受け止めている。そこで俺の中のなにかが切れる。

「いい加減にしてもらえませんか？」

低い声で割って入ると、男性と未亜の意識が同時にこちらに向いた。俺は立ち上がって、未亜をかばうような位置でふたりの間に立った。

「彼女を侮辱するのはやめてください。正直、見苦しいですよ？」

俺の指摘に男の顔がかっと赤くなる。怒りと羞恥で震えているのか、それは声にも表れた。

「な、なんだ？　関係ないくせに口を出すな」

まったく知性を感じさせない言い回しに内心で肩をすくめる。さりげなく未亜の肩を抱いて俺は冷たく言い放った。

「関係ありますよ。彼女は俺のものなんです。あなたこそ出る幕も入る隙もまったくないのを理解したらどうですか？」

今度こそ彼は顔を真っ赤にし、なにも言わずこちらを睨みつけてこの場を去っていった。残された側としても、何事もなかったかのようにまた席に着いて談笑するのはどうも厳しい。そこまで客が入っていないにしろ、周りからの注目は十分に浴びている。

紅茶を最後まで堪能できなかったのは残念だが、未亜を促して店を出た。

「あ、あの。すみません」

店の外に出て、未亜は謝罪の言葉とともに頭を下げてきた。その姿に胸が軋む。彼女はなにも悪くないはずだ。

「謝らなくていい」

短く返すと、未亜はぎこちなく事情を説明し始めた。

「あの方、父がお世話になっている方の息子さんで、どうしてもと勧められて一度お会いしたのですが……あまり合わない気がして、それ以上はないとお断りしていたんです」

あの男が声をかけてきたのは、俺と一緒にいる未亜を見てプライドが傷つけられたのか、嫉妬したのか。どちらにしろ――。

「災難だったな」

「いえいえ。私のお断りの仕方が悪かったのかもしれません。もっとうまく立ち回るように考えます」

間髪を入れずに否定してきた未亜は、相手を責めることなく自分の中に原因を探ろうとしている。

「ちょっとお人好しすぎないか？　あんなふうに公衆の面前で責め立てられて」

そう返すと、未亜は困惑気味に笑った。

「相手には相手の事情があるでしょうし、なにより他人を変えるのは難しいですから。自分やこちらの受け止め方を変えるしかないと思うんです」

未亜の答えに目を見張る。

俺はどこかで自分の境遇を悲観ぶって卑屈に捉えていた。生まれたときから勝手に次期後継者だと決めつけられ、自分の人生を他人によって決められ、常に色眼鏡で見られる。好きでラグエルジャパンの社長の息子に生まれたわけじゃない。

未亜も同じだと思っていた。彼女も社長令嬢という立場に生まれて、今みたいに好きでもない男と見合いをさせられ、自分の意思とは関係なく苦労を背負わされている。けれど彼女は、自らの境遇を嘆くこともなく前を向いて、自分の人生をちゃんと自分のものにしようとしている。

未亜をじっと見つめていると、途端に彼女は気まずそうに目を伏せた。

「母の教えなんです。それにあの人は私のことが好きというわけではなく、父同士のつながりを考えた結果、私に執着しただけで……とはいえ関係のない高野さんを巻き込んでしまってなにも偉そうなことは言えませんね」

「巻き込まれたなんて思ってない」

未亜の『関係のない』という言葉に、わずかに眉をひそめる。その通りなのだが、どうも釈然としない。とはいえ未亜に他意はないだろう。

「あの、またこんなふうに失礼な思いをさせても申し訳ないですから」

「またここの紅茶を改めて楽しみに来たい」

未亜の言わんとすることを悟り、彼女の言葉を遮って告げた。そしてそっと彼女の手を取る。

「未亜と一緒に。いいかな？」

信じられないといった面持ちで何度も瞬きをしてこちらを見た後、未亜は泣きそうな顔で笑った。

「はい、喜んで」

ここで自分の正体を告げるべきだったのか。けれどさっきの今で、未亜の不信感を煽りたくない。あの男と同じく家柄や会社同士のつながりで未亜に近づいたと思われたくない。

その考えに至って思い直す。それはどうしてなのか。

最初の計画通り、自分の素性を伏せて彼女をなびかせるため？

違う。とっくにその考えは頭になかった。未亜と会うのが楽しみで、彼女をもっと知りたい、そばにいたい。未亜は俺がラグエルジャパンの社長の息子だとか次期後継者だとか、そんな事情をまったく知らずに、純粋な気持ちで俺に会ってくれている。

俺もまた未亜の立場は関係なく、彼女に惹かれているんだ。

自分の気持ちを自覚したのはいいものの、この後の未亜との関係をどう続けていくのかは頭を悩ませた。そんなとき、ある決定的な出来事が起こる。

「その、高野さんは恋人とかいないんですか？」

未亜の探している本を俺が持っているという話になり、マンションに見に来るかとさりげなく誘うと、彼女から予想外の切り返しがあったのだ。

「ちょっと待って。今、その質問?」

柄にもなく本気で聞き返す。なにかを試されているのかと思う一方で、未亜の顔は真面目そのものだった。

「あ、あの。質問に答えなくてもいいです。本をお貸りできるならマンションの近くまで取りに行きますから」

「そうじゃなくて」

俺は思わず肩を落とした。たしかに今まで自分たちの関係をはっきりさせる言葉を言ってはいなかった。多少なりとも未亜も俺と同じ気持ちだと思っていたから、これにはショックを受ける。

「恋人がいたら、こんなふうに誘って、ふたりで会ったりしてないよ」

未亜は違うのか。俺と会うのも、父親に言われて義務的に会う男性と大差ないのか。

「そ、そうですね。でも高野さん、素敵な方なので……」

未亜の反応で思い直す。違う、逆なんだ。彼女にとっては、こうして自分の意思で男と会う経験はなかったのだろう。だからこの俺との曖昧な逢瀬をどう捉えていいのかわからないんだ。

「恋人はいないけれど好きな相手はいるんだ」

そういえば俺の方こそ今まで自分の意思で誰かと付き合ったことはない。大抵は相手から声をかけられ、なし崩しに付き合いだすパターンが多かった。

けれど、未亜には通用しない。そんな軽々しく扱うわけにはいかないんだ。

「話も合うしかわいらしくて、デートに誘って、何度かふたりで会っているにもかかわらず、どうやらまったく異性として意識されていないらしい」

「えっと……」

わざと茶目っ気混じりに自分の想いを口にしてみる。未亜の戸惑いがありありと伝わってきて、なんだかおかしくなってきた。

もしかしてこれは断られる可能性もあるのか？　彼女は杉井電産の社長令嬢だ。父親の選んだ相手以外とは交際すらしないのかもしれない。

一抹の不安を抱えつつ、未亜の目を真っすぐ見つめる。

「俺は気軽に女性を家に誘ったりしない。未亜が好きなんだ。俺と付き合ってほしい」

告白するのは、実はこれが初めてだった。わずかに緊張して未亜の返事を待つ。

「……はい」

たっぷり間が空いたので、かなりやきもきさせられた。けれど未亜のうれしそうな笑顔ですべて吹き飛ぶ。未亜といると、俺はこういう人間だったのかと改めて思い知る機会が多かった。彼女には俺の打算的なところも駆け引きもいい意味で通じない。真正面から向き合って想いを伝え合う。それがこんなにも心地よくて安らぐものだと知らなかった。

未亜との交際は順調だった。男と付き合った経験がないと最初に告白され、未亜の気持ちを大事にしながら関係を進めていった。

相変わらずお互いの素性は話さない。未亜は自分が杉井電産の社長の娘だという事実は言わなかったし、俺からも聞かなかった。逆に未亜から俺の職業や家柄についても尋ねられはしない。そうやってうまくいっている気になっていた。

わりと好みがはっきりしている俺にとって、興味がないことに触れるのは苦痛でしかないのに、未亜に関するものは不思議と前向きに受け入れられた。

雨の日は陰鬱な気分にしかなれないし、どうも体調が優れない俺に対し、未亜は真逆だった。うれしそうに雨模様の空を眺めている。

「お気に入りの傘を使えるし、新しいレインブーツを履いて出かけられるから」

その発想はまったくなかった。雨の日でも前向きに過ごせるようにとプラスに考えるところがなんとも彼女らしい。

そんな未亜に感化され、憂鬱でしかなかった雨の日が少しだけ好きになった。彼女が機嫌よく笑ってくれるのが大きい。

もう少し雨が落ち着いてからと言い訳して未亜を引き留める。雨音を聞きながら、腕の中で眠る彼女の寝顔を見つめるのは悪くなかった。

そうやって未亜と過ごすうちに、いつも明るくよく笑う彼女が時折表面上は笑っているのに、今にも泣きだしそうな顔をするときがあると気づいた。それを指摘すると、未亜はごまかそうと躍起になる。

「えっ？　してない。そんな顔してないよ。心配かけてごめん」

「未亜」

俺は彼女の名前を呼び、優しく告げる。

「我慢しなくていい。俺の前でまで無理に笑う必要はないんだ。未亜がいつもがんばっているのをちゃんとわかっているから」

未亜の背負っているものを俺に話していないからか、いや、おそらくそれは関係なく、彼女はすべて自分の中で不満やつらさを消化しようとする。

父親とぶつかることも多いだろうし、仕事でつらい思いをしているのかもしれない。それをうまく吐き出せないのなら、せめて寄りかかってほしい。

「あの、私……」

「大丈夫。そばにいるから」

正面から抱きしめると、未亜は静かに泣きだした。そのことに安堵する。理由は聞かなくてもかまわない。ずっとひとりで抱えるのがあたり前だったのなら、俺の前では無理をしないでほしい。

アメリカへの帰国まであと半年を切ったとき、俺は未亜にようやくすべてを話す決心をした。本当はもっと前に話すべきだと頭ではわかっていたのだが、未亜を失いたくない気持ちが決意を揺るがせ、ずるずるときてしまった。

ラグエルジャパンと杉井電産の交渉の件は、もう関係ない。未亜自身が欲しくてこれからもずっとそばにいてほしい。

その想いを伝えるために俺は婚約指輪を用意した。ふたりの間で具体的な結婚話をしたことはないし、もしも俺がラグエルジャパンの後継者だと知れば、未亜は父親との板挟みで悩むかもしれない。そう思っていっときは、彼女の前から高野衛士として消えるのがいいのかとも思った。けれどやっぱり俺は未亜をあきらめられない。俺の気持ちは変わらないんだ。

未亜さえよければ一緒にアメリカに来てほしい。もしくは籍だけ入れて二、三年日本で待っていてもらうか。

未亜はどんな反応をするだろうか。

ところが、未亜を呼び出してプロポーズをしようとした日、約束前の時間に彼女から電話があった。

「未亜？　どうし――」

『質問に答えてほしいの』

珍しく強い口調の未亜に思わず息をのむ。まさか、と思った瞬間、未亜が続けた。

『衛士は……本当は朝霧衛士っていうの？　ラグエルジャパンの社長令息なの？』

どこで彼女はその事実を知ったのか。しかし今はそこじゃない。しばし逡巡した後、俺は小さく答える。

「……そうだよ」

『なら私が……私が杉井電産の社長の娘だって最初から知ってたの？』

電話の向こうで未亜が動揺しているのが伝わってくる。当然だ。言い訳が先に口をついて出そうになったが、それよりも今は嘘をついていた彼女に真摯に向き合うべきだ。

「……ああ」

そしてすぐさま事情を説明しようとする。

「でも未亜、俺は」

『もう二度と会わない』

ところが彼女の口からは、はっきりとした拒絶の言葉が紡がれる。ここで俺は、慌てて事情を説明しようとした。

「未亜」

『今までありがとう。元気でね』

そこで電話は切れ、それ以降はつながらなくなる。さっと血の気が引き、いかに自分が取り返しのつかないことをしたのかを思い知った。

なんとか未亜と話がしたい。けれど彼女は俺からの連絡を受け入れることはなく、あまつさえ連絡先まで変えてしまった。

家や彼女の職場近くに行き、なんとか会おうとするも徹底的に避けられる。

電話の最後の言葉通り、俺とは二度と会わない、会いたくないという彼女の強い意志を感じた。

どうして俺は軽く考えていたんだ？

たかだか自分の名前を偽って、素性を隠していただけだ。うしろめたい家柄でも立場でもない。未亜だって杉井電産の社長令嬢だとは俺に打ち明けていない。

どこかでそんなふうにおごっていた。

未亜は、父親経由にしろそうでないにしろ、自分に近づく男は未亜自身でなく家柄や父の立場に寄ってくるのだと断言していた。

俺もそんな男のひとりだと思われたのか。嘘をついていたぶん、彼女のショックはきっと計り知れない。なにより――。

『他人を変えるのは難しいですから。自分やこちらの受け止め方を変えるしかないと思うんです』

未亜はいつだって相手を責めたり責任を求めたりしない。自分の中ですべて解決しようとする。現に事実を知ったにもかかわらず彼女は俺をひと言も責めなかった。理由も尋ねなかった。

どうしてだと尋ねられたら、責めてくれたらいくらでも言い訳した。未亜が納得するまで説明して、謝罪した。けれど彼女は、そんなものはいっさい望んでいない。

そういう未亜の性格をそばでいた俺は、一番わかっていたはずなのに。

悪いことは重なるものらしく、アメリカへの帰国が急に決まり、俺は未亜になにも伝えられないまま再びアメリカに渡ることになった。

未亜を失ったダメージが大きすぎて、しばらくは仕事どころか生活さえままならない。俺はこんなに弱い人間だっただろうか。けれど傷つけた側の俺に悲しむ資格なんてない。

気を取り直し、俺はひたすら仕事に打ち込んだ。

早く忘れるんだ。今まで通り過ぎていった女性たちはなんの未練もなく、すぐに自分の中から消えていった。

けれど未亜だけは、なにをしても思い出してしまう。それこそ雨が降るたびに、彼女が好きだと言っていた印象派の絵画展のポスターを見るたびに、嫌でもともに過ごした記憶がよみがえる。

時折コーヒーではなく紅茶を口にしてみるが、やはり彼女が淹れたものにはかなわない。朝食は基本取らないが、未亜が家に泊まったとき家にあるものでと作ってくれた甘くないパンケーキの味が忘れられない。

ちょうど彼女はお気に入りのメープルシロップを購入していて、多めにかけていた。その後、交わしたキスは言うまでもなく甘かった。

『衛士』

未亜の笑顔が、声が脳裏に焼きついてずっと消えない。けれど今の俺にできることは、ただ彼女の幸せを願うだけなのか。

日米合同の新規事業の立ち上げがうまくいきそうな頃合いで、俺は日本に帰国した。

今回、中心メンバーのひとりとしてやってこられたのは、未亜のおかげでもある。

彼女と過ごして好きではなかったものが悪くないと思えるようになった。それにより、仕事で相手と意見が衝突したとき、自分とは異なる考えを受け入れるという姿勢につながった。

以前の俺なら無理だっただろう。こういう性格を父も指摘して厳しくあたっていたのかもしれない。未亜から与えられたものはたくさんある。

未亜に会いに行きたい衝動に頭を抱える。彼女はもう二度と俺には会いたくないだろう。下手をすればもう別の誰かと結婚しているかもしれない。それなら逆に踏ん切りもつくのか。

「衛士、杉井電産の杉井社長がお前に会いたいと言っているらしいんだ」

葛藤を抱えていたところに父から伝えられた内容は衝撃的なものだった。

いったい、杉井電産からラグエルジャパンに今さらどんな話があるのか。はたまた未亜に関係することなのか。

ひとまず入院中の杉井社長のもとを訪れる。彼から提案されたのは、杉井電産をラグエルジャパンに託したいというものだった。ゆくゆくは友好的買収という形を取ってかまわないと続ける杉井社長に、俺は慌ててほかの方法を提示する。

たしかに杉井電産の業績はここ数年落ち込み気味にあるかもしれないが、倒産したり買収されたりするほどでもない。杉井電産の名前は国内では影響力もありブランドとして成り立っている。

しかし杉井社長はかたくなだった。後継者がいないことも影響しているらしい。

無理に血筋にこだわらなくても……。

「君がうちの娘と結婚すればすべて丸く収まる」

杉井社長の言葉に俺は目を見張る。未亜はまだ結婚していないのかと思い、まずはそこなのかと自分の思考回路にあきれる。それにしても彼はなにを考えているんだ？

買収を避けるために結婚を言いだすならまだしも、こちらはそのつもりはないのに。

この結婚で誰が得をする？

「……お嬢さんが納得しませんよ」

顔をしかめて返したが杉井社長は歯牙（しが）にもかけない。

「そうかもしれない。けれど君は必ず娘に結婚を申し込む。絶対にだ」

それは、どういう意味なんだ？

杉井社長は俺の気持ちを……未亜との関係を知っているのか？　仮にそうだとして
どうしてこんな真似を？

さまざまな疑問をぶつけたくなる。しかしそのとき病室にノック音が響く。

「お父さん、調子はどう？」

現れたのはずっと会いたかった未亜だった。最後の記憶より髪が伸びて、雰囲気が
大人っぽくなっているが、持ち前の明るい雰囲気や声は変わらない。

その彼女の顔が、俺を見た瞬間、凍りついた。

「……なん、で」

当然の反応だ。わかっていたはずなのに、わずかに胸が痛む。そこから未亜はまっ
たくこちらを見ようとせず、杉井社長から話を聞いている。

「未亜が彼、朝霧衛士くんと結婚するんだ」

「……なに言ってるの？」

結婚の話が飛び出したとき、未亜の目はこれでもかというほど大きく見開かれた。

無理もないし、すんなり納得できるわけがない。しかし杉井社長は淡々と説明して

いく。

「お前たちが結婚すれば、買収ではなく業務提携の形で、社長である私の娘の伴侶として彼がラグエルジャパンとともに杉井電産を仕切ってもなんら問題ない」

「無理よ。結婚なんてできない」

間髪を入れない拒絶の声が室内に響く。今さら、俺の気持ちをぶつけたところで未亜はきっと心を開いたりしない。もしかするとほかに想いを寄せている異性がいるのかもしれない。

そこで未亜と目が合う。すぐさま逸らされたが、どこか動揺しているのが伝わってきた。結婚話だけに関してじゃない。彼女はなにか隠しているのか。

昔から未亜は隠し事が下手だった。嘘をつくときの視線の逸らし方がいつも決まっている。

「茉奈のことか？」

彼女を凝視していると杉井社長から女性の名前が飛び出した。いったい、なんの話だ？

「茉奈？」

思わず口を挟んで尋ねてしまう。答えたのは杉井社長だ。

「娘は、未婚で子どもがいるんだ。一歳半で」

「お父さん！」

遮るように未亜が叫び、その場に沈黙が降りる。俺はとっさに状況がつかめずに混乱する。未亜に娘？　一歳半？

「杉井電産をどうするのかはお父さんの判断に任せます。でも、ごめんなさい。私は期待に応えられません」

彼女はうつむいたまま硬い声で言いきり、その場をすばやく立ち去った。俺は杉井社長への挨拶もそこそこに彼女を追いかける。

未亜と別れたのは二年前の四月だ。じっくり計算するほどの余裕はない。けれど未亜と話さなくては、と思った。

どんな再会の仕方であれ、ずっと恋い焦がれていた彼女に会えた。このまま引き下がれない。それにどこかで俺は確信していた。

病室での未亜の表情、仕草、娘の話題が出たときの反応。それに――。

『けれど君は必ず娘に結婚を申し込む。絶対にだ』

先ほどの杉井社長の言葉はこういうことだったのかもしれない。

未亜をつかまえて子どもの件を尋ねると、やはり彼女はごまかそうとした。けれど未亜が嘘をついているのはわかっている。

昔からそうだ。弱いところを見せるのが苦手で、全部自分で背負い込んで解決しようとする。でもそんな必要はないんだ、少なくとも俺の前では。

「未亜、嘘をつくな」

確信めいて伝えると、彼女の瞳が大きく揺れた。

「衛士との子どもなの。別れた後に妊娠に気づいて、もう一歳七カ月に……」

最終的に彼女は泣きそうな声で白状した。妊娠がわかったとき、彼女はどう思ったのか。どんな思いで生む決意をしたのか。ずっとひとりで抱え込ませてきたのかと思うと、胸が締めつけられる。

「未亜、悪かった。たくさん傷つけて、あんな別れ方になったこと。でも俺は」

「やめて！」

聞きたくないと言わんばかりに拒否され、彼女は子どもに関することだけを告げると逃げるように去っていく。

自分の中で折り合いをつけている以上、俺とは必要以上に関わりたくないのだろう。

一方で俺は、未亜と再会して改めて思い知る。子どもの存在を知ったからだけじゃない。やはり俺は彼女が好きで、愛しているんだ。勝手かもしれないが誰にも渡したくない。

未亜が過去に対しての言い訳も謝罪も必要としていないなら、態度で示していくしかないんだ。手っ取り早い方法なんてない。少しずつでかまわないから、また彼女が寄りかかれる相手になりたい。

強く決意したが、未亜の連絡先を聞きそびれたと気づく。杉井社長に聞くのが効率的かもしれないが、彼女と向き合うと決めたばかりだ。なによりすぐにでも未亜にまた会いたいんだ。

自分の子どもと言われて対面したところで実感が湧くのかと多少の不安もあったが、未亜に連れられている茉奈を見て、言い知れない愛しさが込み上げてきた。

未亜に似ているのはもちろん、自分の面影もしっかりある。茉奈を俺と未亜の子どもだとすんなり受け入れられた。子どもはどちらかと言えば苦手な方なのに、自分の……未亜との子どもだとこんなにもかわいいのかと驚かされる。

ずっと子どもは欲しくないと思っていた。自分と同じ境遇に身を置かせたくなかったからだ。決められた人生を歩かせたくない。その思いは未亜も同じだったらしく、改めてふたりで茉奈の意志に寄り添っていこうと話し合う。

こうやって親として未亜と向き合うのはなんだか不思議な感じだった。

その前に、どうしても別れたときのことをはっきりさせたくて話を切り出したら、未亜は眉尻を下げて困惑気味に微笑む。

「もういいよ、謝らないで。衛士と付き合っている間、私は幸せだったから」

相変わらず彼女は他者に責任を求めたりしない。これで許されたと思っていいのか。本当はもっと俺に言っておきたいことがあるんじゃないのか。

未亜から結婚を承諾してもらったものの、それは茉奈や杉井電産のためと割りきっている気がした。まさに政略結婚だ。

自分のしたことを考えると未亜との関係にこれ以上を望むのは、未亜に求めるのは酷な話なのか。

葛藤を抱えつつ未亜や茉奈と過ごす時間を少しでも増やして、距離を縮めていく。

そんな折、茉奈と三人で水族館に行くことになった。付き合っていたときに未亜とデートした場所でもあり、懐かしく感じる。まさかまたここに未亜と来られる日がくるとは思わなかった。さらには子どもまで一緒だ。未亜と別れた頃には、想像もできなかった未来が現実にある。

幸せを噛みしめる一方で、茉奈の面倒を見なくてはとひとり気負う未亜に、俺も父親としてできることをしたいと伝える。

茉奈や未亜のためはもちろん、自分自身のために。仕事とはまた違う。ふたりが本当に大切で、守っていきたいんだ。

ところが十分に楽しんだ後、帰り際に未亜と意見がぶつかった。

転んで泣かずに立ち上がる茉奈に、つい『偉い』と褒めてしまったのがきっかけだ。

「泣かないのが、偉いわけじゃない。そんなふうに言ったら痛いって言えなくなっちゃうよ」

そう告げる未亜はどこか痛々しそうだった。車の中で謝罪の言葉を口にしてから、彼女は自分の置かれていた状況を語りだす。

ああ。だから未亜はいつも泣くのを我慢して、痛いと声も出せずに自分の中で解決しようとするんだ。

未亜の言う通り、相手を責めても、なにかを求めても、結果は変わらないかもしれない。

「未亜は俺と別れてから、ひとりで立ち上がろうとしたんだろ。泣くのを我慢して、痛いって口にも出さずに」

かたくなに俺と一線を引きながら、わかっていると笑う未亜の顔はずっと泣きそうだった。

「本当はまだ、立ち上がれていないんじゃないか?」

茉奈にかけた言葉は未亜自身に言い聞かせていたのかもしれない。しばらくすると未亜の瞳が揺れ、大粒の涙があふれだす。

「き……らい。……衛士なんて……嫌い」

まるで子どもみたいな言い草だ。けれど、そうやって未亜の本音をずっとぶつけてほしかった。

「ん……悪かった」

彼女の涙を拭いながら二年前に触れられなかった未亜の本心にやっと向き合えたのだと安堵する。

「ごめん。それでも俺は未亜を愛している……愛しているんだ」

傷つけて、泣かせて、つらい思いをさせた。一度は離れたが、もう二度と離さない。生涯かけて愛し続けると誓う。

＊＊＊

「衛士、起きて」

すぐ近くで未亜の声が聞こえ、俺はゆるゆると目を開けた。俺に寄り添うようにして体を密着させ、上目遣いに声をかけてきた未亜を思わず抱きしめる。

「おはよう。どうした？」

まだ部屋の中は薄暗く、起きるのには早すぎる気がするのだが。しかし未亜は小さくも声を弾ませて続ける。

「あのね、雨上がったみたい」

そういえば先ほど起きたときに聞こえた激しい雨音は、今はしない。

「よかった」

安堵の表情を見せる未亜の頬をそっとなでる。

「雨は好きなんじゃないのか？」

意地悪く問いかけると未亜は唇を尖らせる。

「そうだけど……さすがに来る人のことを考えたら、結婚式の日は降らないでほしいよ」

今日は未亜との結婚式当日だ。杉井社長も無事に退院し、参列する段取りになっている。どうやら杉井社長は茉奈の父親のことを含め、すべてを知っていたらしい。未亜が茉奈を出産した後、いろいろ調べたと話してくれた。

たしかに未亜との結婚を俺に言い渡す上で、先に茉奈の存在を知らせなかったのは妙だと感じていた。

杉井社長は未亜に対し、仕事ばかりで厳しく接してきたことを後悔しているそうだ。その本音を知ったとき、未亜は複雑そうな顔をしていた。もっと早くにわかり合いたかったという思いや、愛されていると安堵した様子が伝わってくる。長年のわだかまりはそう簡単に消えないだろうが、思いの丈を話し合った杉井社長と未亜は、以前よりも親子の時間を取るようになり、茉奈を通して交流も増えた。

今日の結婚式も楽しみにしてもらっている。茉奈は、未亜のカラードレスと同じ色のドレスを着る予定で、試着の段階で大はしゃぎだった。こんな小さくても着るものにこだわりがあるのは驚いた。

「不思議。衛士と別れて、茉奈の妊娠がわかって……こんな日がくるとは思わなかった」

感慨深そうに未亜はつぶやく。それはこちらのセリフだ。未亜を失ったとき、後悔と絶望しかなかった。それがまた、こうして彼女と想いを通わせられるとは。

俺はそっと彼女の額に口づける。

「愛している。必ず幸せにするから」

真剣に告げると、未亜は目を見開いた後なんだか泣きそうな顔で笑った。

「なに？　結婚式の練習？」

冗談交じりに返してきたものの、彼女は隠れるように俺の胸に顔をうずめる。未亜の頭をなでながら俺は笑った。

「練習もなにも、何度だって誓うさ。後にも先にもこんな想いを抱くのは未亜だけなんだ」

「……うん、私も。私もずっと衛士を愛してる」

ちらりとこちらをうかがうようにして顔を上げた未亜と目が合う。続けて彼女はやわらかく微笑んだ。この笑顔は昔から変わらない。

未亜の頬をなで、顔を近づける。薄暗い部屋でも未亜の表情ははっきりと見えた。目を閉じた彼女に口づけ、唇の感触と温もりを堪能する。

その間に、彼女の左手に指を絡め強く握る。すると応えるように指先に力が込められ、握り返された。

挙式で指輪の交換をするため、今は未亜の左手の薬指に結婚指輪ははめられていない。昨晩、ケースにしまって式場に持っていく荷物の中に入れていた。なんとも几帳面な彼女らしい。

未亜を抱きしめキスを続ける。午前中の挙式なので早めに起きて支度をしないとならないから、未亜も俺を起こしたのだろう。けれど、まだ時間はある。もう少しだけ未亜に触れていたい。

いつだって俺に幸せを与えてくれるのは、未亜なんだ。

愛しい彼女との口づけに溺れながら俺は強く未亜を抱きしめた。

もう絶対に手放さないと誓って。

Fin.

特別書き下ろし番外編

雨に恋してあなただけのものに

秋と冬が行ったり来たりする十一月の最終土曜日の昼過ぎ、秋晴れという言葉がぴったりの透き通った空を見上げた後、私は隣を歩く衛士に目線を移した。紅葉を楽しむには少し遅すぎたかもしれないけれど、思ったよりも寒くない。

私たちは今、日本の美術館人気ランキングトップ5に常にランクインする、有名な国際美術館に来ている。少し離れた駐車場から私の手は衛士につながれたままで、なんとも言えない気恥ずかしさを感じる。

今日、茉奈は衛士のご両親のもとで留守番をしているので、こんなふうに彼とふたりきりで出かけるのも堂々と手をつなぐのも久しぶりだ。

本命の用事は、夕方にこの近くのホテルで予定されているラグエルジャパンの取引先企業のレセプションパーティーに衛士と出席するためだ。

今までは朝霧社長が妻の慶子さんを連れて赴いていたのを、少しずつ衛士に引き継いでいるので必然的に私も同行する回数が増えた。とはいえ、茉奈も小さいので無理のない範囲でと配慮されている。今回は朝霧社長の都合がつかなかったので衛士と共に快く引き受けた。

日帰りできない距離ではないものの衛士の勧めもあって今日は会場となっているホテルで宿泊する手はずになっている。

茉奈が心配で最初は彼の提案に素直にうなずけなかったが、慶子さんの後押しもあって決断した。茉奈ひとりでは初めてだけれど衛士の実家に泊まったことは何度かあるし、茉奈も二歳になってますますしっかりしてきたと思う。

先週迎えた茉奈の誕生日は、私と衛士はもちろん衛士のご両親や叔父夫妻、そして父も集まって盛大に祝われた。おもちゃや絵本、大きなケーキを前にして茉奈は終始ご機嫌で笑顔だった。屈託なく笑う茉奈の顔に、私はひとり泣きそうになっていた。

茉奈を出産したときのことを思い出して、あのときよりも幸せを感じる日がくるとは思ってもみなかったから。

「未亜」

声をかけられて隣に意識を向ける。

「茉奈のことは心配しなくても大丈夫だ。だから少しは俺とのデートに集中してくれないか？」

衛士の言葉に目をぱちくりさせる。そんな話題は今、私たちの間にはなかったはずだ。すると衛士は苦笑しながら、つないでいる私の手を軽く引いた。

「顔に書いてある。未亜の頭は茉奈のことでいっぱいだって」

どうやら衛士に私の考えはお見通しらしい。でも少しだけ彼の予想とは違っている。

「茉奈が気になるのは本当。でも、それよりも幸せだなって思ったの。あの子がたくさんの人に愛されていて」

笑顔で返し衛士の手を強く握る。茉奈はきっと大丈夫だ。誰かを信じて時には頼ることの大切さも彼に教えられた。

「私もね、衛士とふたりで出かけるの、すごく楽しみにしていたよ」

素直な想いを口にすると不意に衛士が私との距離を縮め、額に口づけを落とした。

あまりにそつのない動きに反応が遅れてしまう。

ここは外なのに、と羞恥心が湧き起こる前に衛士は何事もなかったかのように歩を進める。その顔があまりにもうれしそうで、言葉をのみ込んでおとなしく手を引かれることにした。

余裕たっぷりの彼に、きっと私はいつまでもかなわない。

夜の帳(とばり)がすっかり降りて、窓の向こうには夜景が広がっている。今日訪れた美術館は、ライトアップされていてホテルの高層階からでもはっきりとよく見える。時間が経つのはあっという間で、レセプションパーティーを終え、やっとホテルの部屋に戻ったところだ。

白の長袖ロング丈ワンピースは、袖とスカート部分はレース仕様で、シンプルで上品なデザインになっている。体にフィットする作りで、解放されたい思いからうしろのファスナーに手を伸ばすのを、すんでのところでこらえた。衛士から、部屋に戻っても着替えずに待っていてほしいと言われたのだ。

パーティーは終わったのに、衛士はまだ戻ってきていない。もしかして個人的に挨拶する人がいるのかな？

念のため化粧を直したがソワソワして落ち着かない。そこで部屋の中に飾られている絵に注目する。このホテルは美術館の近くということもあり、スイート、セミスイートなど一定のハイクラスの部屋には絵画が飾られて美術館仕様になっている。

偶然なのか、衛士の計らいか、この部屋には私の一番のお気に入りの絵が飾られていた。もちろんレプリカだがそこは重要じゃない。

美術館では好きな画家の初めて観る作品などもあり、衛士と一緒に存分に楽しめた。私のために計画してくれた彼の期待を裏切らないように、妻としての役割をきっちり果たさないと。

「未亜」

絵を観ながら気合いを入れているところに声をかけられ、心臓が口から飛び出そうになる。

「お、おかえり、衛士」

部屋のドアから少し距離があるとはいえ、彼が帰ってきたことにまったく気づかなかった。黒のタキシードを着こなし、髪をワックスで整えている衛士はいつにも増して色気があるとでもいうのか、目を引く存在だ。

そんな彼が私の夫なのだと思うと、やはり不思議な気持ちになる。しかし今は彼に見惚れている場合ではない。

「あの、着替えずに待っていたけれど、これから誰かに会う予定でもあるのかな？」

「いや」

私の質問は思いがけず即座に否定された。

「未亜に一緒に来てほしいところがあるんだ」

「こんな時間に？」

もう午後九時を回っている。ホテル内で開いているのはバーくらいか。それとも外に？　衛士に尋ねる前に、彼は力強くうなずいた。

「そう。少しだけ未亜の時間を俺にくれないか？」

断る理由はない。けれど衛士は結局、行き先を言わずに私の肩を抱いた。なにも持たずに部屋から出て、向かうのはエレベーターだ。

ハイクラスの客室利用者専用のエレベーターなので、誰にも会わず待つこともなく、さっさと乗り込む。てっきり一階のロビーかバーのあるフロアを選択するのかと思ったら、衛士は迷いなくさらに上の階のボタンを押した。

上の階はたしか……。

ホテルの情報を思い出しているとエレベーターはすぐに目的階へとたどり着いた。

ドアが開き、衛士が私に手を差し出す。

「おいで、未亜」

なにげない彼の仕草に、胸がドキリと高鳴る。エレベーターを降りて一歩踏み出せば、絨毯の床にヒールの音が吸い込まれる。

大きなドアが開くと、そこには厳粛なチャペルが広がっていた。

このホテルは美術館との縁もあり、イタリアにある有名な礼拝堂を再現したチャペルになっているのを思い出す。有名な画家たちのフレスコ画の細部まで現地と同じようにして、この部屋すべてが作品になっている。

小さなライトに室内は照らされ、青色の天井が煌いている。荘厳な雰囲気を醸し出していた。

「なんで……」

「このホテルの支配人と父が懇意にしていて、少しの間だけ開けてもらったんだ」

衛士の顔を見ると、彼は穏やかに笑った。

「どうしても未亜を連れてきたかった。結婚式の式場は希望を聞いてやれなかったから」

わずかに申し訳なさそうな面持ちになる衛士に、私は首を横に振った。

「そんな……気にしてないよ」

お互いの両親が会社の代表をしている以上、結婚式の参列客数は相当なもので、それなりの広さの会場があるという条件で式場を選んだ。けれど不満はいっさいない。ドレスも好きなものを選んだし、なにより隣に衛士がいて、茉奈がいてくれたから。

衛士が私のことをすごく想ってくれているのが伝わってきて、胸の奥が熱くなる。

好きに観てもいいと言われ、せっかくなので私は礼拝堂の中をじっくり見学させてもらった。素晴らしい空間にため息が漏れる。

「未亜」

不意に名前を呼ばれ振り向くと、衛士が祭壇の前に立っていた。軽く手招きされ、私は緩やかに彼の方に真っすぐ近づく。ああ、この感じ、懐かしいな。

結婚式のときも父にエスコートされ、衛士のもとに向かったんだ。そばに寄ると、衛士は改めて私と真正面から向き合う体勢になる。

「参列客も牧師も、立会人も誰もいない。けれど未亜自身にもう一度誓わせてほしい」

真剣な面持ちで告げると衛士は私の頰にそっと触れた。

「どんなときも、どんなことがあっても絶対に離さない。未亜を愛している」

込み上げてくる気持ちが涙になりそうで、私は唇をぐっと嚙みしめうなずいた。今の私たちの格好も合わさり、本当に結婚式みたい。

「私も何度でも誓うよ。もう二度と衛士から離れたりしない。これまでも、これからも衛士だけだから」

声が震えてしまったのは残念だ。けれど衛士は幸せそうに笑ってくれた。

衛士のその顔、好きだな。できればずっとそばで見ていたい。いいんだよね。

顔を近づけられ目を閉じると、唇を重ねられる。予想以上に長くて甘い口づけに、降参の姿勢を先に見せたのは私だ。唇が離れた瞬間、衛士に強く抱きしめられる。

「ここ、まだもっと観たいか?」

端的に投げかけられた問いかけは、どこか余裕がない。返答に迷っているとそっと腕の力を緩められ、額を重ねられた。衛士の色めいた眼差しが私を捉える。

「俺は未亜が欲しいんだ、今すぐに」

余裕のない物言いなのに、それでも私の希望を優先しようとするのが衛士らしい。私は彼に愛されているんだ。

「連れてきてくれてありがとう。すごくうれしいし、十分観たよ」

笑顔で答え、今度は自ら衛士に口づける。唇を重ね彼の唇を軽くなめ取り、そっと離れた。

「私も……今は衛士が欲しいの」

いつもなら恥ずかしくて言えない。けれど今は衛士の気持ちに応えたくて、自分の想いを伝えたかった。

チャペルを後にしてホテルの部屋に戻った途端、衛士から強引に口づけられる。

「ふっ……んん……ん」

貪るようなキスに私はただ翻弄されるだけだ。口を挟むどころか息をするタイミングさえ掴めない。

体の力が抜け、腰が砕けそうになるタイミングで衛士の腕が力強く支えた。心もとなさで彼のジャケットをぎゅっと掴むと、落ち着かせるように大きな手のひらが頭をなでる。

反対の手は、どういうわけかおもむろに私の背中をさすっていた。くすぐったいような不思議な感覚に陥っている中、衛士の手が器用に背中のファスナーを下ろしたのでさすがにうろたえる。

「待っ……」

キスで言葉を封じ込められ、その間も彼は巧みに脱がしにかかり、あっさりと私の足もとにドレスが落ちる。薄いインナー一枚になり恥ずかしさと寒さで肩を震わせると、衛士は口づけを中断させ、私を抱きしめた。

次の瞬間、すばやく膝下に手を入れた彼に抱き上げられる。

「わっ」

弾みで片方のパンプスが転がり落ちた。衛士は気にも留めずベッドルームに大股で向かっていく。部屋は、ブラウンと白を基調とした落ち着いた仕様で、ダウンライトのほどよい明かりに照らされていた。

内装に意識を飛ばしているとベッドに下ろされ、整えられたシーツの感触を背中に受けるのと同時に私を見下ろす衛士と目が合う。衛士はその場ですばやくネクタイをはずしジャケットやシャツを脱ぎ捨て、上半身裸になった。彼の引きしまった体があらわになり息をのむ。

「未亜」

低く艶のある声で名前を呼ばれ、衛士は私に覆いかぶさってきた。ベッドのスプリングが音を立てて軋む一方で、それよりも私の心臓の音がよっぽど大きい気がする。

続けて衛士は私の首もとに遠慮なく顔をうずめ、音を立てて口づけた。

「んっ」

つい漏らした声が引き金になったかのように衛士は私の首筋に舌を這わせ、薄い皮膚を刺激していく。

「や、やだ」

首を振って抵抗しようにも衛士に抱きしめられるようにつかまっているので、逃げられない。唇と舌で丁寧に扱われる一方で、鳥肌が立ち背筋がぞくりと震えた。けれど不快ではなく、むしろ逆で泣きそうになる。

彼の右手は私のインナーの肩紐をずらし、はだけた胸もとに触れていく。衛士の手は想像以上に熱くて、絶妙な触れ方は自分の中にある欲望を確実に誘い出していった。

このまま溺れたい。けれどなにも考えられなくなりそうで怖い。

「やっ……だめ」

「そのだめは聞いてやれない」

唇が肌に触れそうな距離でささやかれ、吐息さえ熱く感じる。衛士は顔を上げ、私のおでこに自分の額をこつんと重ねた。

「俺が触れるたびに、そうやって未亜が甘えた顔になるのが、昔からたまらないんだ」

懐かしむような愛おしそうな表情にすべて奪われる。密着していた部分が空気にさらされ、安心よりもわずかに寂しさが勝っているのが本音だ。

「未亜だけなんだ。俺がこんなにも欲しいのは」

打って変わって真剣な面持ちで告げられる。いつもいろいろな意味で彼には泣かされてばかりだ。でも悲しい涙だけじゃない。

「うん。私も衛士だけだよ。全部あげてもいいって思えるのは」

笑顔で答えると、優しく口づけられる。思いきって私から衛士の首に腕を回し、彼を求めた。

「大、好き」

キスの合間に声にした私の気持ちに応えるように、衛士はいつもよりもとびきり甘く丁寧に私を抱いていく。恥ずかしさや快楽の波にさらわれそうな怖さなどすべて吹き飛ぶほどに私は彼に溺れていった。

遮光カーテンのおかげで正確な時間がわからない。でもなんとなく朝方なのは把握できる。

先に起きていたのは衛士で、彼の腕の中に閉じ込められた状態でしばらくぼんやりと過ごしていた。衛士は私の体を気遣いつつ頭を優しくなでている。

「昨日、未亜に言ったことをひとつ訂正したい」

「え?」

突然切り出された発言に、まどろんでいた私の意識はしっかりと覚醒した。

「『少しだけ未亜の時間を俺にくれないか?』って言ったけれど、これからの時間、全部だ。その代わり、俺のすべてを未亜に捧げる」

あまりにも予想していなかった内容に、気が抜けそうになる。衛士の真面目さが伝わってきて胸の奥が温かくなっていった。

「ありがとう。衛士の人生に私と茉奈をいさせてくれて」

衛士の立場を知ったとき、思い描いていた彼との未来はすべてなくなったと思っていた。それが今、こうして彼がそばにいて、これからもだと宣言してくれる。

衛士は私の髪に指をすべらせ、不敵に笑った。

「未亜や茉奈はもちろん、まだ増えるかもしれないな」

私は目をぱちくりとさせ、ややあって彼の言いたいことを汲んだ。

「そ、それはどうだろう?」

どう反応すればいいのか曖昧に返すと、衛士は私の額に軽く口づけた。

「なら、より確実なものにしようか?」

それはどういう意味なのかとわざわざ尋ねるほど私も子どもじゃない。

先のことは誰にもわからない。けれど私はこれからも絶対に幸せだと断言できる。

結婚は割りきってするしかないと思っていたのに、衛士に出会って私は変わったから。

茉奈のお土産はなににしようかと思いつつ、今はもう少し衛士だけのものでいようと決めた。

Fin.

あとがき

はじめましての方も、お久しぶりですの方もこんにちは。

このたびは『極秘出産でしたが、宿敵御曹司は愛したがりの溺甘旦那様でした』をお手に取ってくださり、本当にありがとうございます。作者の黒乃 梓です。

『ロミオとジュリエットのような敵対関係にあるふたりが、惹かれ合いながらもお互いの立場からすれ違ってしまう話を書きたいな』と思ったのが最初で、当初の予定より設定はマイルドになりましたが、ヒーローとヒロインが出会うのは美術館だと決めたところから私の中で物語は始まりました。

私自身はあまり知識はないですが、好きな絵画や美術品を前にするといつまでも観ていられる派です（笑）。どちらかと言えば好みは衛士に近いかもしれませんが。

信じるって相手に対してだけではなく、自分のことを含め難しいですよね。物語を通して、登場人物たちの成長を少しでも感じ取ってもらえたらうれしいです。

さて、今作は私のベリーズ文庫五冊目となり、実は前作から三年ぶりになるんです。時が経つのは早いですね。

こうしてまた読者さまにお目にかかれたこと、本当に幸せに思います。

最後になりましたが、書籍化の機会を与えてくださったスターツ出版さま。いつもお世話になっている担当の丸井さま、八角さま。素敵な衛士と可愛い未亜と茉奈を描いてくださったイラストレーターのユカさま。（表紙イラストの背景には物語のキーアイテムとなる絵画も描いてくださっているんですよ）

この本の出版に関わってくださったすべての方にお礼を申し上げます。

なにより今、このあとがきまで読んでくださっているあなたさまに心から感謝いたします。本当にありがとうございます。

いつかまた、どこかでお会いできることを願って。

黒乃（くろの）梓（あずさ）

黒乃 梓先生への
ファンレターのあて先

〒104-0031
東京都中央区京橋 1-3-1
八重洲口大栄ビル 7F
スターツ出版株式会社　書籍編集部　気付

黒乃梓先生

本書へのご意見をお聞かせください

お買い上げいただき、ありがとうございます。
今後の編集の参考にさせていただきますので、
アンケートにお答えいただければ幸いです。

下記 URL または QR コードから
アンケートページへお入りください。
https://www.berrys-cafe.jp/static/etc/bb

極秘出産でしたが、宿敵御曹司は愛したがりの溺甘旦那様でした

2022年4月10日　初版第1刷発行

著　者　黒乃 梓
©Azusa Kurono 2022

発行人　菊地修一

デザイン　カバー　ナルティス
フォーマット　hive & co.,ltd.

校　正　株式会社　文字工房燦光

編集協力　八角さやか

編　集　丸井真理子

発行所　スターツ出版株式会社
〒104-0031
東京都中央区京橋1-3-1　八重洲口大栄ビル7F
TEL　出版マーケティンググループ　03-6202-0386
(ご注文等に関するお問い合わせ)
URL　https://starts-pub.jp/

印刷所　大日本印刷株式会社

Printed in Japan

ISBN 978-4-8137-1247-3　C0193

ベリーズ文庫 2022年4月発売

『いっそ、君が欲しいと言えたなら～冷徹御曹司は政略妻を深く激しく愛したい～』 玉紀直・著

洋菓子店に勤める史織は、蒸発した母が大手商社の当主・烏丸と駆け落ちしたことを知る。一家混乱の責任を取り、烏丸家の御曹司と政略結婚することになった史織は愕然。彼は密かに想いを寄せていた店の常連・泰章だった。表向きは冷徹な態度をとる彼だが、ふたりきりになると史織を甘やかに攻め立てて…。

ISBN 978-4-8137-1246-6／定価704円（本体640円＋税10%）

『極秘出産でしたが、宿敵御曹司は愛したがりの溺甘旦那様でした』 黒乃梓・著

令嬢の実亜はある日、病床の父に呼ばれて行くと、御曹司・衛士がいて会社存続のため政略結婚を提案される。実は彼と付き合っていたがライバル会社の御曹司だと知って身を引いた矢先、妊娠が発覚！　秘密で産み育てていたのだ。二度と会わないと思っていたのに子供の存在を知った彼の溺愛が勃発して…!?

ISBN 978-4-8137-1247-3／定価715円（本体650円＋税10%）

『義兄の純愛～初めての恋もカラダも、エリート弁護士に教えられました～』 葉月りゅう・著

短大生の六花は、家庭教師をしてくれている弁護士の聖に片想い中。彼に告白しようと思った矢先、六花の母親と彼の父親の再婚が決まり、彼と義兄妹になってしまう。彼への想いを諦めようとするも…「もう、いい義兄じゃいられない」――独占欲を露わにした彼に、たっぷりと激愛を教え込まれて…。

ISBN 978-4-8137-1248-0／定価726円（本体660円＋税10%）

『【ベリーズ文庫溺愛アンソロジー】極上の結婚3～帝王&富豪編～』

ベリーズ文庫の人気作家がお届けする、「ハイスペック男子とのラグジュアリーな結婚」をテーマにした溺甘アンソロジー！　ラストを飾る第三弾は、「若菜モモ×不動産帝王との身ごもり婚」、「西ナナヲ×謎の実業家との蜜月同居」の2作品を収録。

ISBN 978-4-8137-1249-7／定価726円（本体660円＋税10%）

『冷徹ドクターは懐妊令嬢に最愛を貫く』 一ノ瀬千景・著

製薬会社の令嬢ながら、家族に疎まれ家庭に居場所のない蝶子。許嫁でエリート外科医の有島は冷淡で、委縮してばかり。ある日有島にひと目惚れした義妹が、彼とは自分が結婚すると宣言。しかし有島は「蝶子以外を妻にする気はない」と告げ、蝶子を自宅へと連れ帰りウブな彼女に甘い悦びを教え込み…!?

ISBN 978-4-8137-1250-3／定価715円（本体650円＋税10%）

ベリーズ文庫 2022年4月発売

『不遇な転生王女は難攻不落なカタブツ公爵様の花嫁になりました』 狭山ひびき・著

女子高生の花音は自身が乙女ゲームの悪役王女・ソフィアに転生していると気づき大混乱！　取り乱す彼女の前に「久しぶり」──なんと親友の由紀奈もこの世界に転生していて…!?　ふたりはソフィアの破滅を回避するため、花音の「最推し」で冷徹公爵のランドールとラブラブ夫婦になるべく奮闘するが…？

ISBN 978-4-8137-1251-0／定価715円（本体650円＋税10%）

『悪女のレッテルを貼られた追放令嬢ですが、最恐陛下の溺愛に捕まりました』 篠宮渚・著

薬師として働くエスターは、その美貌から「男をたぶらかす悪女」のレッテルを貼られ、国外追放されてしまう。森で野犬に襲われそうになったところを、冷酷国王・ベルナルドに助けられ、城に置いてもらうことに。ところが、とある事情で婚約者のふりをさせられるも、気づけば本当に溺愛されていて…！

ISBN 978-4-8137-1252-7／定価704円（本体640円＋税10%）

ベリーズ文庫 2022年5月発売予定

Now Printing

『再婚なんて、絶対にしませんからね！～実は私たち、元夫婦なんです～』 田崎くるみ・著

借金を返すため、利害が一致した財閥御曹司・誠吾と契約結婚した凪咲。完済し、円満離婚した…と思いきや、就職先の航空会社で誠吾と再会！　彼は社内で人気のパイロットだった。昔はCAになるため勉強中の凪咲を気遣い離婚を受け入れた誠吾だったが、「もう逃がさない」と猛追プロポーズを仕掛けて…!?

ISBN 978-4-8137-1245-9／予価660円（本体600円＋税10%）

Now Printing

『タイトル未定』 若菜モモ・著

母の借金返済のため、政略結婚が決まった紗世。せめて初めては好きな人に捧げたいと願い、昔から憧れていた御曹司の京極と一夜を過ごす。すると、なんと彼の子を妊娠！　転勤する京極と連絡を絶ち、一人で育てることを決意するが、海外帰りの彼と再会するやいなや、子ごと溺愛される日々が始まり…。

ISBN 978-4-8137-1260-2／予価660円（本体600円＋税10%）

Now Printing

『俺様外科医と契約結婚』 立花実咲・著

保育士の美澄がしぶしぶ向かったお見合いの場にいたのは、以前入院した際に冷たく接してきた因縁の外科医・透夜だった！　帰ろうとするも彼は「甥の世話を頼みたい」と強引に美澄を家に連れ帰り、さらになぜか結婚を申し込んできて…!?　冷淡に見えた彼は予想外に甘く、美澄は彼の子を身ごもって…。

ISBN 978-4-8137-1262-6／予価660円（本体600円＋税10%）

Now Printing

『志筑家の新婚夫婦は離婚したいし、したくない』 砂川雨路・著

社長令嬢の柊子は幼馴染で御曹司の瑛理と政略結婚することに。柊子は瑛理に惹かれているが、彼の心は自分にないと思い込んでおり、挙式当日に「離婚したい」と告げる。昔から柊子だけを愛していた瑛理は別れを拒否！　この日を境に秘めていた独占欲を顕わにし始め、ついに柊子を溺愛抱擁する夜を迎え…。

ISBN 978-4-8137-1261-9／予価660円（本体600円＋税10%）

Now Printing

『溺愛圏外』 ふじさわさほ・著

銀行頭取の娘である奈子は、鬼灯グループの御曹司・宗一郎とお見合いをする。紳士的な彼とならとプロポーズを承諾するも、直後に手渡されたのは妊娠や離婚などの条件が書かれた婚前契約書で…!?　まるで商談のように進む結婚に奈子は戸惑うも、彼がたまに見せる優しさや独占欲に次第に絡め取られていき…。

ISBN 978-4-8137-1263-3／予価660円（本体600円＋税10%）

タイトル、価格等は変更になることがございますのでご了承ください。